Alice nel Paese delle meraviglie

Lewis Carroll

© 2023 Culturea Editions

Texte et illustration de couverture : © domaine public
Edition : Culturea (Hérault, 34)
Contact : infos@culturea.fr
Retrouvez notre catalogue sur http://culturea.fr
Imprimé en Allemagne par Books on Demand
Design typographique : Derek Murphy
Layout : Reedsy (https://reedsy.com/)

Dépôt légal : janvier 2023
Tous droits réservés pour tous pays

ISBN : 9791041843305

I.Nella conigliera

Alice cominciava a sentirsi assai stanca di sedere sul poggetto accanto a sua sorella, senza far niente: aveva una o due volte data un'occhiata al libro che la sorella stava leggendo, ma non v'erano né dialoghi né figure, -e a che serve un libro, pensò Alice, -senza dialoghi né figure?

E si domandava alla meglio, (perché la canicola l'aveva mezza assonnata e istupidita), se per il piacere di fare una ghirlanda di margherite mettesse conto di levarsi a raccogliere i fiori, quand'ecco un coniglio bianco dagli occhi rosei passarle accanto, quasi sfiorandola.

 Non c'era troppo da meravigliarsene, né Alice pensò che fosse troppo strano sentir parlare il Coniglio, il quale diceva fra se: "Ohimè! ohimè! ho fatto tardi!" (quando in seguito ella se ne ricordò, s'accorse che avrebbe dovuto meravigliarsene, ma allora le sembrò una cosa naturalissima): ma quando il Coniglio trasse un orologio dal taschino della sottoveste e lo consultò, e si mise a scappare, Alice saltò in piedi pensando di non aver mai visto un coniglio con la sottoveste e il taschino, nè con un orologio da cavar fuori, e, ardente di curiosità, traversò il campo correndogli appresso e arrivò appena in tempo per vederlo entrare in una spaziosa conigliera sotto la siepe.

Un istante dopo, Alice scivolava giù correndogli appresso, senza pensare a come avrebbe fatto poi per uscirne.

La buca della conigliera filava dritta come una galleria, e poi si sprofondava così improvvisamente che Alice non ebbe un solo istante l'idea di fermarsi: si sentì cader giù rotoloni in una specie di precipizio che rassomigliava a un pozzo profondissimo.

Una delle due: o il pozzo era straordinariamente profondo o ella ruzzolava giù con grande lentezza, perchè ebbe tempo, cadendo, di guardarsi intorno e di pensar meravigliata alle conseguenze. Aguzzò gli occhi, e cercò di fissare il fondo, per scoprire qualche cosa; ma in fondo era buio pesto e non si scopriva nulla. Guardò le pareti del pozzo e s'accorse che erano rivestite di scaffali di biblioteche; e sparse qua e là di mappe e quadri, sospesi a chiodi. Mentre continuava a scivolare, afferrò un barattolo con un'etichetta, lesse l'etichetta: "Marmellata d'Arance" ma, ohimè! con sua gran delusione, era vuoto; non volle lasciar cadere il barattolo per non ammazzare chi si fosse trovato in fondo, e quando arrivò più giù, lo depose su un altro scaffale.

"Bene, -pensava Alice, -dopo una caduta come questa, se mai mi avviene di ruzzolare per le scale, mi sembrerà meno che nulla; a casa poi come mi crederanno coraggiosa! Anche a cader dal tetto non mi farebbe nessun effetto!" (E probabilmente diceva la verità).

E giù, e giù, e giù! Non finiva mai quella caduta? -Chi sa quante miglia ho fatte a quest'ora? -esclamò Alice. -Forse sto per toccare il centro della terra. Già saranno più di quattrocento miglia di profondità. -(Alice aveva apprese molte cose di questa specie a scuola, ma quello non era il momento propizio per sfoggiare la sua erudizione, perchè nessuno l'ascoltava; ma ad ogni modo non era inutile riandarle mentalmente.) -Sì, sarà questa la vera distanza, o press'a poco,... ma vorrei sapere a qual grado di latitudine o di longitudine sono arrivata. (Alice veramente, non sapeva che fosse la latitudine o la longitudine, ma le piaceva molto pronunziare quelle parole altisonanti!) Passò qualche minuto e poi ricominciò: -Forse traverso la terra! E se dovessi uscire fra quelli che camminano a capo in giù! Credo che si chiamino gli Antitodi. -Fu lieta che in quel momento non la sentisse nessuno, perchè quella parola non le sonava bene... -Domanderei subito come si chiama il loro paese... Per piacere, signore, è questa la Nova Zelanda? o l'Australia? -e cercò di fare un inchino mentre parlava (figurarsi, fare un inchino, mentre si casca giù a rotta di collo! Dite, potreste voi fare un inchino?). -Ma se farò una domanda simile mi prenderanno per una sciocca. No, non la farò: forse troverò il nome scritto in qualche parte.

E sempre giù, e sempre giù, e sempre giù! Non avendo nulla da fare, Alice ricominciò a parlare: -Stanotte Dina mi cercherà. (Dina era la gatta). Spero che penseranno a darle il latte quando sarà l'ora del tè. Cara la mia Dina! Vorrei che tu fossi qui con me! In aria non vi son topi, ma ti potresti beccare un pipistrello: i pipistrelli somigliano ai topi. Ma i gatti, poi, mangiano i pipistrelli? -E Alice cominciò a sonnecchiare, e fra sonno e veglia continuò a dire fra i denti: -I gatti, poi, mangiano i pipistrelli? I gatti, poi, mangiano i pipistrelli? -E a volte: -I pipistrelli mangiano i gatti? -perché non potendo rispondere né all'una né all'altra domanda, non le importava di dirla in un modo o nell'altro. Sonnecchiava di già e sognava di andare a braccetto con Dina dicendole con faccia grave: "Dina, dimmi la verità, hai mangiato mai un pipistrello?" quando, patapunfete! si trovò a un tratto su un mucchio di frasche e la caduta cessò.

Non s'era fatta male e saltò in piedi, svelta. Guardò in alto: era buio: ma davanti vide un lungo corridoio, nel quale camminava il Coniglio bianco frettolosamente. Non c'era tempo da perdere: Alice, come se avesse le ali, gli corse dietro, e lo sentì esclamare, svoltando al gomito: -Perdinci! veramente ho fatto tardi! -Stava per raggiungerlo, ma al gomito del corridoio non vide più il coniglio; ed essa si trovò in una sala lunga e bassa, illuminata da una fila di lampade pendenti dalla volta. Intorno intorno alla sala c'erano delle porte ma tutte chiuse. Alice andò su e giù, picchiando a tutte, cercando di farsene aprire qualcuna, ma invano, e malinconicamente si mise a passeggiare in mezzo alla sala, pensando a come venirne fuori.

A un tratto si trovò accanto a un tavolinetto, tutto di solido cristallo, a tre piedi: sul tavolinetto c'era una chiavetta d'oro. Subito Alice pensò che la chiavetta appartenesse a una di quelle porte; ma ohimè! o le toppe erano troppo grandi, o la chiavetta era troppo piccola. Il fatto sta che non poté aprirne alcuna. Fatto un secondo giro nella sala, capitò innanzi a una cortina bassa non ancora osservata: e dietro v'era un usciolo alto una trentina di centimetri: provò nella toppa la chiavettina d'oro, e con molta gioia vide che entrava a puntino!

Aprì l'uscio e guardò in un piccolo corridoio, largo quanto una tana da topi: s'inginocchiò e scorse di là dal corridoio il più bel giardino del mondo. Oh! quanto desiderò di uscire da quella sala buia per correre su quei prati di fulgidi fiori, e lungo le fresche acque delle fontane; ma non c'era modo di cacciare neppure il capo nella buca. "Se almeno potessi cacciarvi la testa! -pensava la povera Alice. -Ma a che servirebbe poi, se non posso farci passare le spalle! Oh, se potessi chiudermi come un telescopio! Come mi piacerebbe! Ma come si fa?" E quasi andava cercando il modo. Le erano accadute tante cose straordinarie, che Alice aveva cominciato a credere che poche fossero le cose impossibili. Ma che serviva star lì piantata innanzi all'uscio? Alice tornò verso il tavolinetto quasi con la speranza di poter trovare un'altra chiave, o almeno un libro che indicasse la maniera di contrarsi come fa un cannocchiale: vi trovò invece un'ampolla, (e certo prima non c'era, -disse Alice), con un cartello sul quale era stampato a lettere di scatola: "Bevi."

-È una parola, bevi! -Alice che era una bambina prudente, non volle bere. -Voglio vedere se c'è scritto: "Veleno" -disse, perché aveva letto molti raccontini intorno a fanciulli ch'erano stati arsi, e mangiati vivi da bestie feroci, e cose simili, e tutto perché non erano stati prudenti, e non s'erano ricordati degl'insegnamenti ricevuti in casa e a scuola; come per esempio, di non maneggiare le molle infocate perché scottano; di non maneggiare il coltello perché taglia e dalla ferita esce il sangue; e non aveva dimenticato quell'altro avvertimento: "Se tu bevi da una bottiglia che porta la scritta "Veleno", prima o poi ti sentirai male."

Ma quell'ampolla non aveva l'iscrizione "Veleno". Quindi Alice si arrischiò a berne un sorso. Era una bevanda deliziosa (aveva un sapore misto di torta di ciliegie, di crema, d'ananasso, di gallinaccio arrosto, di torrone, e di crostini imburrati) e la tracannò d'un fiato.

-Che curiosa impressione! -disse Alice, -mi sembra di contrarmi come un cannocchiale!

Proprio così. Ella non era più che d'una ventina di centimetri d'altezza, e il suo grazioso visino s'irradiò tutto pensando che finalmente ella era ridotta alla giusta statura per passar per quell'uscio, ed uscire in giardino. Prima attese qualche minuto per vedere se mai diventasse più piccola ancora. È vero che provò un certo sgomento di quella riduzione: -perché, chi sa, potrei rimpicciolire tanto da sparire come una candela, -si disse Alice. -E allora a chi somiglierei? -E cercò di farsi un'idea dell'apparenza della fiamma d'una candela spenta, perché non poteva nemmeno ricordarsi di non aver mai veduto niente di simile!

Passò qualche momento, e poi vedendo che non le avveniva nient'altro, si preparò ad uscire in giardino. Ma, povera Alice, quando di fronte alla porticina si accorse di aver dimenticata la chiavetta d'oro, e quando corse al tavolo dove l'aveva lasciata, rilevò che non poteva più giungervi: vedeva chiaramente la chiave attraverso il cristallo, e si sforzò di arrampicarsi ad una delle gambe del tavolo, e di salirvi, ma era troppo sdrucciolevole. Dopo essersi chi sa quanto affaticata per vincere quella difficoltà, la poverina si sedette in terra e pianse.

-Sì, ma che vale abbandonarsi al pianto! -si disse Alice. -Ti consiglio invece, cara mia, di finirla con quel piagnucolìo!

Di solito ella si dava dei buoni consigli (benchè raramente poi li seguisse), e a volte poi si rimproverava con tanta severità che ne piangeva. Si rammentò che una volta stava lì lì per schiaffeggiarsi, per aver rubato dei punti in una partita di croquet giocata contro sè stessa; perchè quella strana fanciulla si divertiva a credere di essere in due. "Ma ora è inutile voler credermi in due -pensò la povera Alice, -mi resta appena tanto da formare un'unica bambina."

Ecco che vide sotto il tavolo una cassettina di cristallo. L'aprì e vi trovò un piccolo pasticcino, sul quale con uva di Corinto era scritto in bei caratteri "Mangia". -Bene! mangerò, -si disse Alice, -e se mi farà crescere molto, giungerò ad afferrare la chiavetta, e se mi farà rimpicciolire mi insinuerò sotto l'uscio: in un modo o nell'altro arriverò nel giardino, e poi sarà quel che sarà!

Ne mangiò un pezzetto, e, mettendosi la mano in testa, esclamò ansiosa: "Ecco, ecco!" per avvertire il suo cambiamento; ma restò sorpresa nel vedersi della stessa statura. Certo avviene sempre così a quanti mangiano pasticcini; ma Alice s'era tanto abituata ad assistere a cose straordinarie, che le sembrava stupido che la vita si svolgesse in modo naturale.

E tornò alla carica e in pochi istanti aveva mangiato tutto il pasticcino.

-Stranissimo, e sempre più stranissimo! esclamò Alice (era tanta la sua meraviglia che non sapeva più parlare correttamente) -mi allungo come un cannocchiale, come il più grande cannocchiale del mondo! Addio piedi! (perchè appena si guardò i piedi le sembrò di perderli di vista, tanto s'allontanavano.) -Oh i miei poveri piedi! chi mai v'infilerà più le calze e vi metterà le scarpe? Io non potrò più farlo! Sarò tanto lontana che non potrò più pensare a voi: bisogna che vi adattiate. Eppure bisognerebbe che io li trattassi bene, -pensò Alice, -se no, non vorranno andare dove voglio andare io! Vediamo un po'... ogni anno a Natale regalerò loro un bel paio di stivaletti! E andava nel cervello mulinando come dovesse fare. "Li manderò per mezzo del procaccia, -ella pensava, -ma sarà curioso mandar a regalar le scarpe ai propri piedi! E che strano indirizzo!

Al signor Piedestro d'Alice

Tappeto

Accanto al parafuoco

(con i saluti di Alice)

"Poveretta me! quante sciocchezze dico!" In quel momento la testa le urtò contro la volta della sala: aveva più di due metri e settanta di altezza! Subito afferrò la chiavettina d'oro e via verso la porta del giardino. Povera Alice! Non potè far altro che sedersi in terra, poggiandosi di fianco per guardare il giardino con la coda dell'occhio; ma entrarvi era più difficile che mai: si sedè di nuovo dunque e si rimise a piangere. -Ti dovresti vergognare, -si disse Alice, -figurarsi, una ragazzona come te (e davvero lo poteva dire allora) mettersi a piangere. Smetti, ti dico! -Pure continuò a versar lagrime a fiotti, tanto che riuscì a formare uno stagno intorno a sè di più d'un decimetro di altezza, e largo più di metà della sala.

Qualche minuto dopo sentì in lontananza come uno scalpiccio; e si asciugò in fretta gli occhi, per vedere chi fosse. Era il Coniglio bianco di ritorno, splendidamente vestito, con un paio di guanti bianchi in una mano, e un gran ventaglio nell'altra: trotterellava frettolosamente e mormorava: "Oh! la Duchessa, la Duchessa! Monterà certamente in bestia. L'ho fatta tanto attendere!" Alice era così disperata, che avrebbe chiesto aiuto a chiunque le fosse capitato: così quando il Coniglio le passò accanto, gli disse con voce tremula e sommessa: -"Di grazia, signore..." Il Coniglio sussultò, lasciò cadere a terra i guanti e il ventaglio, e in mezzo a quel buio si mise a correre di sghembo precipitosamente. Alice raccolse il ventaglio e i guanti, e perchè la sala sembrava una serra si rinfrescò facendosi vento e parlando fra sè: -Povera me! Come ogni cosa è strana oggi! Pure ieri le cose andavano secondo il loro solito. Non mi meraviglierei se stanotte fossi stata cambiata! Vediamo: non son stata io, io in persona a levarmi questa mattina? Mi pare di ricordarmi che mi son trovata un po' diversa. Ma se non sono la stessa dovrò domandarmi: Chi sono dunque? Questo è il problema. -E ripensò a tutte le bambine che conosceva, della sua stessa età, per veder se non fosse per caso una di loro. -Certo non sono Ada, -disse, -perchè i suoi capelli sono ricci e i miei no. Non sono Isabella, perchè io so tante belle cose e quella poverina è tanto ignorante! e poi Isabella è Isabella e io sono io. Povera me! in che imbroglio sono! Proviamo se mi ricordo tutte le cose che sapevo una volta: quattro volte cinque fanno dodici, e quattro volte sei fanno tredici, e quattro volte sette fanno... Oimè! Se vado di questo passo non giungerò mai a venti! Del resto la tavola pitagorica non significa niente: proviamo la geografia: Londra è la capitale di Parigi, e Parigi è la capitale di Roma, e Roma... no, sbaglio tutto! Davvero che debbo essere Isabella! Proverò a recitare "La vispa Teresa"; incrociò le mani sul petto, come se stesse per ripetere una lezione, e cominciò a recitare quella poesiola, ma la sua voce sonava strana e roca, e le parole non le uscivano dalle labbra come una volta:

La vispa Teresa

avea su una fetta

di pane sorpresa

gentile cornetta;

e tutta giuliva

a chiunque l'udiva

gridava a distesa:

-L'ho intesa, l'ho intesa! —

-Mi pare che le vere parole della poesia non siano queste, -disse la povera Alice, e le tornarono i lagrimoni. -Insomma, -continuò a dire, -forse sono Isabella, dovrò andare ad abitare in quella stamberga, e non aver più balocchi, e tante lezioni da imparare! Ma se sono Isabella, caschi il mondo, resterò qui! Inutilmente, cari miei, caccerete il capo dal soffitto per dirmi: "Carina, vieni su!" Leverò soltanto gli occhi e dirò: "Chi sono io? Ditemi prima chi sono. Se sarò quella che voi cercate, verrò su; se no, resterò qui inchiodata finchè non sarò qualche altra." "Ma oimè! -esclamò Alice con un torrente di lagrime: -Vorrei che qualcuno s'affacciasse lassù! Son tanto stanca di esser qui sola!" E si guardò le mani, e si stupì vedendo che s'era infilato uno dei guanti lasciati cadere dal Coniglio. -Come mai, -disse, -sono ridiventata piccina? Si levò, s'avvicinò al tavolo per misurarvisi; e osservò che s'era ridotta a circa sessanta centimetri di altezza e che andava rapidamente rimpicciolendosi: indovinò che la cagione di quella nuova trasformazione era il ventaglio che aveva in mano. Lo buttò subito a terra. Era tempo; se no, si sarebbe assottigliata tanto che sarebbe interamente scomparsa. -L'ho scampata bella! -disse Alice tutta sgomenta di quell'improvviso cambiamento, ma lieta di esistere ancora. -E ora andiamo in giardino! -Si diresse subito verso l'usciolino; ma ahi! l'usciolino era chiuso, e la chiavettina d'oro era sul tavolo come prima. "Si va male, -pensò la bambina disperata, - non sono stata mai così piccina! E dichiaro che tutto questo non mi piace, non mi piace, non mi piace!"

Mentre diceva così, sdrucciolò e punfete! affondò fino al mento nell'acqua salsa. Sulle prime credè di essere caduta in mare e: "In tal caso, potrò tornare a casa in ferrovia" -disse fra sè. (Alice era stata ai bagni e d'allora immaginava che dovunque s'andasse verso la spiaggia si trovassero capanni sulla sabbia, ragazzi che scavassero l'arena, e una fila di villini, e di dietro una stazione di strada ferrata). Ma subito si avvide che era caduta nello stagno delle lagrime versate da lei quando aveva due e settanta di altezza. Peccato ch'io abbia pianto tanto! -disse Alice, nuotando e cercando di giungere a riva. -Ora sì che sarò punita, naufragando nelle mie stesse lagrime! Sarà proprio una cosa straordinaria! Ma tutto è straordinario oggi!

E sentendo qualche cosa sguazzare nello stagno, si volse e le parve vedere un vitello marino o un ippopotamo, ma si ricordò d'essere in quel momento assai piccina, e s'accorse che l'ippopotamo non era altro che un topo, cascato come lei nello stagno. Pensava Alice: "Sarebbe bene, forse, parlare a questo topo. Ogni cosa è strana quaggiù che non mi stupirei se mi rispondesse. A ogni modo, proviamo." -E cominciò: -O topo, sai la via per uscire da questo stagno? O topo, io mi sento veramente stanca di nuotare qui. -Alice pensava che quello fosse il modo migliore di parlare a un topo: non aveva parlato a un topo prima, ma ricordava di aver letto nella grammatica latina di suo fratello: "Un topo -di un topo -a un topo -un topo. —" Il topo la guardò, la squadrò ben bene co' suoi occhiettini ma non rispose. -Forse non capisce la mia lingua, -disse Alice; -forse è un francese, ed è venuto qui con l'esercito napoleonico: -Con tutte le sue nozioni storiche, Alice non sapeva esattamente quel che si dicesse. E riprese: "Où est ma chatte?" che era la prima frase del suo libriccino di francese. Il topo fece un salto nell'acqua e tremò come una canna al vento. -Scusami, -soggiunse Alice, avvedendosi di aver scossi i nervi delicati della bestiola. -Non ho pensato che a te non piacciono i gatti. -Come mi possono piacere i gatti? -domandò il topo con voce stridula e sdegnata -Piacerebbero a te i gatti, se fossi in me? -Forse no, -rispose Alice carezzevolmente, -ma non ti adirare, sai! E pure, se ti facessi veder Dina, la mia gatta, te ne innamoreresti. È una bestia così tranquilla e bella. -E nuotando di mala voglia e parlando a volte a sè stessa, Alice continuava: -E fa così bene le fusa quando si accovaccia accanto al fuoco, leccandosi le zampe e lavandosi il muso, ed è così soffice e soave quando l'accarezzo, ed è così svelta ad acchiappare i topi... Oh! scusa! -esclamò di nuovo Alice, perchè il topo aveva il pelo tutto arruffato e pareva straordinariamente offeso. -No, non ne parleremo più, se ti dispiace. -Già, non ne parleremo, -gridò il Topo, che aveva la tremarella fino alla punta dei baffi. -Come se stessi io a parlar di gatti! La nostra famiglia ha odiato sempre i gatti; bestie sozze, volgari e basse! non me li nominare più. -No, no! -rispose volonterosa Alice, e cambiando discorso, aggiunse: -Di', ti piacciono forse... ti piacciono... i cani? -Il topo non rispose, e Alice continuò: -

vicino a casa mia abita un bellissimo cagnolino, se lo vedessi! Ha certi begli occhi luccicanti, il pelo cenere, riccio e lungo! Raccoglie gli oggetti che gli si gettano e siede sulle gambe di dietro per chiedere lo zucchero, e fa tante altre belle cosettine... non ne ricordo neppure la metà... appartiene a un fattore, il quale dice che la sua bestiolina vale un tesoro, perchè gli è molto utile, e uccide tutti i topi... oimè! -esclamò Alice tutta sconsolata: -Temo di averti offeso di nuovo! -E veramente l'aveva offeso, perchè il Topo si allontanò, nuotando in furia e agitando le acque dello stagno. Alice lo richiamò con tono soave: -Topo caro, vieni qua; ti prometto di non parlar più di gatti e di cani! -Il Topo si voltò nuotando lentamente: aveva il muso pallido (d'ira, pensava Alice) e disse con voce tremante: -Approdiamo, e ti racconterò la mia storia. Comprenderai perchè io detesti tanto i gatti e i cani. Era tempo d'uscire, perchè lo stagno si popolava di uccelli e d'altri animali cadutivisi dentro: un'anitra, un Dronte, un Lori, un Aquilotto, ed altre bestie curiose. Alice si mise alla loro testa e tutti la seguirono alla riva.

III.Corsa scompigliata

Racconto con la coda

L'assemblea che si raccolse sulla riva era molto bizzarra. Figurarsi, gli uccelli avevano le penne inzuppate, e gli altri animali, col pelo incollato ai corpi, grondavano tutti acqua tristi e melanconici.

 La prima questione, messa sul tappeto, fu naturalmente il mezzo per asciugarsi: si consultarono tutti, e Alice dopo poco si mise a parlar familiarmente con loro, come se li conoscesse da un secolo uno per uno. Discusse lungamente col Lori, ma tosto costui le mostrò un viso accigliato, dicendo perentoriamente: -Son più vecchio di te, perciò ne so più di te; -ma Alice non volle convenirne se prima non le avesse detto quanti anni aveva. Il Lori non volle dirglielo, e la loro conversazione fu troncata. Il Topo, che sembrava persona d'una certa autorità fra loro, gridò: -Si seggano, signori, e mi ascoltino! In pochi momenti seccherò tutti! -Tutti sedettero in giro al Topo. Alice si mise a guardare con una certa ansia, convinta che se non si fosse rasciugata presto, si sarebbe beccato un catarro coi fiocchi.

-Ehm! -disse il Topo, con accento autorevole, -siete tutti all'ordine? Questa domanda è bastantemente secca, mi pare! Silenzio tutti, per piacere! Guglielmo il Conquistatore, la cui causa era favorita dal papa, fu subito sottomesso dagli inglesi... -Uuff! -fece il Lori con un brivido. -Scusa! -disse il Topo con cipiglio, ma con molta cortesia: -Dicevi qualche cosa? -Niente affatto! -rispose in fretta il Lori. -M'era parso di sì -soggiunse il Topo. -Continuo: Edwin e Morcar, i conti di Mercia e Northumbria, si dichiararono per lui; e anche, Stigand, il patriottico arcivescovo di Canterbury, trovò che... -Che cosa? -disse l'anitra. Trovo che -replicò vivamente il Topo -tu sai che significa "che?" Significa una cosa, quando trovo qualche cosa? -rispose l'Anitra; -un ranocchio o un verme. Si tratta di sapere che cosa trovò l'arcivescovo di Canterbury. Il Topo non le badò e continuò: -Trovò che era opportuno andare con Edgar Antheling incontro a Guglielmo per offrirgli la corona. In principio Guglielmo usò moderazione; ma l'insolenza dei Normanni... Ebbene, cara, come stai ora? -disse rivolto ad Alice. -Bagnata come un pulcino, -rispose

Alice afflitta, -mi sembra che il tuo racconto secchi, ma non asciughi affatto. -In questo caso, -disse il Dronte in tono solenne, levandosi in piedi, -propongo che l'assemblea si aggiorni per l'adozione di rimedi più energici... Ma parla italiano! -esclamò l'Aquilotto. -Non capisco neppur la metà di quei tuoi paroloni, e forse tu stesso non ne capisci un'acca. -L'Aquilotto chinò la testa per nascondere un sorriso, ma alcuni degli uccelli si misero a sghignazzare sinceramente. -Volevo dire, -continuò il Dronte, offeso, -che il miglior modo di asciugarsi sarebbe di fare una corsa scompigliata. -Che è la corsa scompigliata? -domandò Alice. Non le premeva molto di saperlo, ma il Dronte taceva come se qualcheduno dovesse parlare, mentre nessuno sembrava disposto ad aprire bocca o becco. -Ecco, -disse il Dronte, -il miglior modo di spiegarla è farla. -(E siccome vi potrebbe venire in mente di provare questa corsa in qualche giorno d'inverno, vi dirò come la diresse il Dronte.) Prima tracciò la linea dello steccato, una specie di circolo, (-che la forma sia esatta o no, non importa, -disse) e poi tutta la brigata entrò nello steccato disponendosi in questo o in quel punto. Non si udì: -Uno, due tre... via! 'ma tutti cominciarono a correre a piacere; e si fermarono quando vollero, di modo che non si seppe quando la corsa fosse terminata. A ogni modo, dopo che ebbero corso una mezz'ora o quasi, e si sentirono tutti bene asciugati, il Dronte esclamò: -La corsa è finita! -e tutti lo circondarono anelanti domandando: -Ma chi ha vinto? Per il Dronte non era facile rispondere, perciò sedette e restò a lungo con un dito appoggiato alla fronte (tale e quale si rappresenta Shakespeare nei ritratti), mentre gli altri tacevano. Finalmente il Dronte disse: -Tutti hanno vinto e tutti debbono essere premiati. —. Ma chi distribuirà i premi? -replicò un coro di voci. -Lei, s'intende! -disse il Dronte, indicando con un dito Alice. E tutti le si affollarono intorno; gridando confusamente: -I premi! i premi! Alice non sapeva che fare, e nella disperazione si cacciò le mani in tasca, e ne cavò una scatola di confetti (per buona sorte non v'era entrata l'acqua,) e li distribuì in giro. Ce n'era appunto uno per ciascuno. -Ma dovrebbe esser premiata anche lei, -disse il Topo. Naturalmente, -soggiunse gravemente il Dronte; -Che altro hai in tasca? -chiese ad Alice. -Un ditale, rispose mestamente la fanciulla. Dài qui, -replicò il Dronte. E tutti l'accerchiarono di nuovo, mentre il Dronte con molta gravità le offriva il ditale, dicendo: -La preghiamo di accettare quest'elegante ditale; -e tutti applaudirono a quel breve discorso. Bisognava ora mangiare i confetti; cosa che cagionò un po' di rumore e di confusione, perchè gli uccelli grandi si lagnavano che non avevano potuto assaporarli, e i piccoli, avendoli inghiottiti d'un colpo, corsero il rischio di strozzarsi e si dovè picchiarli sulla schiena. Ma anche questo finì, e sedettero in circolo pregando il Topo di dire qualche altra cosa. -Ricordati che mi hai promesso di narrarmi la tua storia, -disse Alice, -e la ragione per cui tu odii i G. e i C., -soggiunse sommessamente, temendo di offenderlo di nuovo. -La mia storia è lunga e triste e con la coda! -rispose il Topo, sospirando. -Certo è una coda lunga, -disse Alice, guardando con meraviglia la coda del topo, -ma perchè la chiami trista? -E continuò a pensarci impacciata, mentre il Topo parlava. Così l'idea che ella si fece di quella storia con la coda fu press'a poco questa:

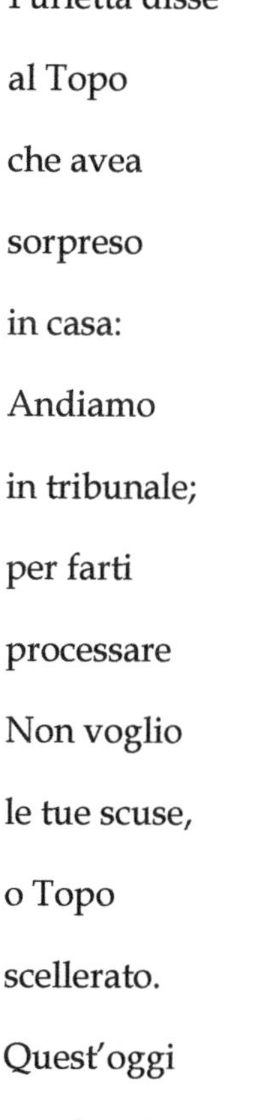

nel mio villin

da fare. —

Disse a

Furietta

il Topo:

Ma come

andare

in Corte?

Senza giurati

e giudici

Sarebbe

una vendetta!

Sarò giurato

e giudice,

rispose

Furietta,

E passerò

soffiando

la tua

sentenza

a morte.

Tu non stai attenta! -disse il Topo ad Alice severamente. -A che cosa
pensi? -Scusami, -rispose umilmente Alice: -sei giunto alla quinta

vertebra della coda, non è vero? -No, do...po, -riprese il Topo irato, scandendo le sillabe. -C'è un nodo? -esclamò Alice sempre pronta e servizievole, e guardandosi intorno. -Ti aiuterò a scioglierlo! -Niente affatto! -rispose il Topo, levandosi e facendo l'atto di andarsene. Tu m'insulti dicendo tali sciocchezze! -Ma, no! -disse Alice con umiltà. -Tu t'offendi con facilità! Per tutta risposta il Topo si mise a borbottare. -Per piacere, ritorna e finisci il tuo racconto! -gridò Alice; e tutti gli altri s'unirono in coro: -Via finisci il racconto! -Ma il Topo crollò il capo con un moto d'impazienza, e affrettò il passo. -Peccato che non sia rimasto! -disse sospirando il Lori; appena il Topo si fu dileguato. Un vecchio granchio colse quell'occasione per dire alla sua piccina: -Amor mio, ti serva di lezione, e bada di non adirarti mai! -Papà, -disse la piccina sdegnosa, -tu stancheresti anche la pazienza d'un'ostrica! -Ah, se Dina fosse qui! -disse Alice parlando ad alta voce, ma senza rivolgersi particolarmente a nessuno. -Lo riporterebbe indietro subito! -Scusa la domanda, chi è Dina? -domando il Lori. Alice rispose sollecitamente sempre pronta a parlare del suo animale prediletto: -La mia gatta. Fa prodigi, quando caccia i topi! E se la vedessi correr dietro gli uccelli! Un uccellino lo fa sparire in un boccone. Questo discorso produsse una grande impressione nell'assemblea. Alcuni uccelli spiccarono immediatamente il volo: una vecchia gazza si avviluppò ben bene dicendo: -è tempo di tornare a casa; l'aria notturna mi fa male alla gola! -Un canarino chiamò con voce tremula tutti i suoi piccini. -Via, via cari miei! È tempo di andare a letto! -Ciascuno trovò un pretesto per andarsene, e Alice rimase sola. "Non dovevo nominare Dina! -disse malinconicamente tra sè. -Pare che quaggiù nessuno le voglia bene; ed è la migliore gatta del mondo! Oh, cara Dina, chi sa se ti rivedrò mai più!" E la povera Alice ricominciò a piangere, perchè si sentiva soletta e sconsolata. Ma alcuni momenti dopo avvertì di nuovo uno scalpiccio in lontananza, e guardò fissamente nella speranza che il Topo, dopo averci ripensato, tornasse per finire il suo racconto.

Era il Coniglio bianco che tornava trotterellando bel bello e guardandosi ansiosamente intorno, come avesse smarrito qualche cosa, e mormorando tra sè: "Oh la duchessa! la duchessa! Oh zampe care! pelle e baffi miei, siete accomodati per le feste ora! Ella mi farà ghigliottinare, quant'è vero che le donnole sono donnole! Ma dove li ho perduti?" Alice indovinò subito ch'egli andava in traccia del ventaglio e del paio di guanti bianchi, e, buona e servizievole com'era, si diede un gran da fare per ritrovarli. Ma invano. Tutto sembrava trasformato dal momento che era caduta nello stagno; e la gran sala col tavolino di cristallo, e la porticina erano interamente svanite. Non appena il Coniglio si accorse di Alice affannata alla ricerca, gridò in tono d'ira: -Marianna, che fai qui? Corri subito a casa e portami un paio di guanti e un ventaglio! Presto, presto! - Alice fu così impaurita da quella voce, che, senz'altro, corse velocemente verso il luogo indicato, senza dir nulla sull'equivoco del Coniglio. "Mi ha presa per la sua cameriera, -disse fra sè, mentre continuava a correre. -E si sorprenderà molto quando saprà chi sono! Ma è meglio portargli il ventaglio e i guanti, se pure potrò trovarli". E così dicendo, giunse innanzi a una bella casettina che aveva sull'uscio una lastra di ottone lucente, con questo nome: G. Coniglio. Entrò senza picchiare, e in fretta fece tutta la scala, temendo d'incontrare la vera Marianna, ed essere da lei espulsa di lì prima di trovare il ventaglio e i guanti. "Strano, -pensava Alice, - essere mandata da un Coniglio a far dei servizi! Non mi meraviglierò, se una volta o l'altra, Dina mi manderà a sbrigare delle commissioni per lei!" E cominciò a fantasticare intorno alle probabili scene: "Signorina Alice! Venga qui subito, e si prepari per la passeggiata!" "Eccomi qui, zia! Ma dovrei far la guardia a questo buco fino al ritorno di Dina, perchè non ne scappi il topo..." "Ma non posso credere, -continuò Alice, -che si permetterebbe a Dina di rimanere in casa nostra, se cominciasse a comandare la gente a questo modo." In quell'atto era entrata in una graziosa cameretta, con un tavolo nel vano della finestra. Sul tavolo c'era, come Alice aveva sperato, un ventaglio e due o tre paia di guanti bianchi e freschi; prese il ventaglio e un paio di guanti, e si preparò ad uscire, quando accanto allo specchio scorse una boccettina. Questa volta non v'era alcuna etichetta con la parola "Bevi". Pur nondimeno la stappò e se la portò alle labbra. "Qualche cosa di straordinario mi accade tutte le volte che bevo o mangio, -disse fra sè; vediamo dunque che mi farà questa bottiglia. Spero che mi farà crescere di nuovo, perchè son proprio stanca di essere così piccina!" E così avvenne, prima di quando s'aspettasse: non aveva ancor bevuto metà della boccettina che urtò con la testa contro la volta, di modo che dovette abbassarsi subito, per non rischiare di rompersi l'osso del collo. Subito depose la fiala dicendo: -Basta per ora, spero di non crescere di più; ma intanto come farò ad uscire! Se avessi bevuto un po' meno! Oimè! troppo tardi! Continuò a crescere, a crescere, e presto dovette inginocchiarsi, perchè non poteva più star in piedi; e dopo un altro minuto non c'era più spazio neanche per stare inginocchiata. Dovette sdraiarsi con un gomito contro l'uscio, e con un braccio intorno al capo. E cresceva ancora. Con un estremo sforzo, cacciò una mano fuori della finestra, ficcò un piede nel caminetto, e si disse: Qualunque cosa accada non posso far di più. Che sarà di me?

Fortunatamente, la virtù della boccettina magica aveva prodotto il suo massimo effetto, ed Alice non crebbe più: ma avvertiva un certo malessere, e, giacchè non era probabile uscire da quella gabbia, non c'è da stupire se si giudicò infelicissima: "Stavo così bene a casa! -pensò la povera Alice, -senza diventar grande o piccola e sentirmi comandare dai sorci e dai conigli. Ah; se non fossi discesa nella conigliera!... e pure... e pure... questo genere di vita è curioso! Ma che cosa mi è avvenuto? Quando leggevo i racconti delle fate, credevo che queste cose non accadessero mai, ed ora eccomi un perfetto racconto di fate. Si dovrebbe scrivere un libro sulle mie avventure, si dovrebbe! Quando sarò grande lo scriverò io... Ma sono già grande, -soggiunse afflitta, -e qui non c'è spazio per crescere di più. Ma come, -pensò Alice, -non sarò mai maggiore di quanto sono adesso? Da una parte, sarebbe un bene non diventare mai vecchia; ma da un'altra parte dovrei imparare sempre le lezioni, e mi seccherebbe! Ah sciocca che sei! -rispose Alice a sè stessa. -Come potrei imparare le lezioni qui? C'è appena posto per me! I libri non c'entrano!" E continuò così, interrogandosi e rispondendosi, sostenendo una conversazione tra Alice e Alice; ma dopo pochi minuti sentì una voce di fuori, e si fermò per ascoltare. -Marianna! Marianna! -diceva la voce, -portami subito i guanti! -Poi s'udì uno scalpiccio per la scala. Alice pensò che il Coniglio venisse per sollecitarla e tremò da scuotere la casa, dimenticando d'esser diventata mille volte più grande del Coniglio, e che non aveva alcuna ragione di spaventarsi. Il Coniglio giunse alla porta, e cercò di aprirla. Ma la porta si apriva al di dentro e il gomito d'Alice era puntellato di dietro; così che ogni sforzo fu vano. Alice udì che il Coniglio diceva tra sè: -Andrò dalla parte di dietro, ed entrerò dalla finestra.

"Non ci entrerai!" pensò Alice, e aspettò sinchè le parve che il Coniglio fosse arrivato sotto la finestra. Allora aprì d'un tratto la mano e fece un gesto in aria. Non afferrò nulla; ma sentì delle piccole strida e il rumore d'una caduta, poi un fracasso di vetri rotti e comprese che il poverino probabilmente era cascato su qualche campana di cocomeri o qualche cosa di simile. Poi s'udì una voce adirata, quella del Coniglio: -Pietro! Pietro! -Dove sei? -E una voce ch'essa non aveva mai sentita: -Sono qui! Stavo scavando le patate, eccellenza! Scavando le patate! -fece il Coniglio, pieno d'ira. -Vieni qua! Aiutami ad uscire di qui...! -Si sentì un secondo fracasso di vetri infranti -Dimmi, Pietro, che c'è lassù alla finestra? -Perbacco! è un braccio, eccellenza! -Un braccio! Zitto, bestia! Esistono braccia così grosse? Riempie tutta la finestra! -Certo, eccellenza: eppure è un braccio! -Bene, ma che c'entra con la mia finestra? Va a levarlo! Vi fu un lungo silenzio, poi Alice sentì qua e là un bisbiglio, e un dialogo come questo: Davvero non me la sento, eccellenza, per nulla affatto! -Fa come ti dico, vigliacco! -E allora Alice di nuovo aprì la mano e fece un gesto in aria. Questa volta si udirono due strilli acuti, e un nuovo fracasso di vetri. "Quante campane di vetro ci sono laggiù! -pensò Alice. Chi sa che faranno dopo! Magari potessero cacciarmi fuori dalla finestra. Certo non intendo di rimanere qui!" Attese un poco senza udire più nulla; finalmente s'udì un cigolìo di ruote di carri e molte voci che parlavano insieme. Essa potè afferrare queste parole: -Dov'è l'altra scala?... Ma io non dovevo portarne che una... Guglielmo ha l'altra. Guglielmo! portala qui. Su, appoggiala a quest'angolo... No, no, lègale insieme prima. Non vedi che non arrivano neppure a metà!... Oh! vi arriveranno! Non fare il difficile!... Qua, Guglielmo, afferra questa fune... Ma reggerà il tetto? Bada a quella tegola che si muove.... Ehi! casca! attenti alla testa! "Punfete" Chi è stato? Guglielmo, immagino!... Chi andrà giù per il camino?... Io no!... Vuoi andare tu?... No, neppure io!... Scenderà

Guglielmo!... Ohi! Guglielmo! il padrone dice che devi scendere giù nel camino! "Magnifico!" -disse Alice fra sè. -Così questo Guglielmo scenderà dal camino? Pare che quei signori aspettino tutto da Guglielmo! Non vorrei essere nei suoi panni. Il camino è molto stretto, ma qualche calcio, credo, glielo potrò assestare."

 E ritirò il piede più che potè lungi dal camino, ed attese sinchè sentì un animaletto (senza che potesse indovinare a che specie appartenesse) che raschiava e scendeva adagino adagino per la canna del camino. -È Guglielmo! -ella disse, e tirò un gran calcio, aspettando il seguito. La prima cosa che sentì fu un coro di voci che diceva: -Ecco Guglielmo che vola! -e poi la voce sola del Coniglio: -Pigliatelo voi altri presso la siepe! -e poi silenzio, e poi di nuovo una gran confusione di voci... -Sostenetegli il capo... un po' d'acquavite... Non lo strozzate... Com'è andata amico?... Che cosa ti è accaduto? Racconta! Finalmente si sentì una vocina esile e stridula (-Guglielmo, -pensò Alice): -Veramente, non so. Basta, grazie, ora mi sento meglio... ma son troppo agitato per raccontarvelo... tutto quello che mi ricordo si è qualche cosa come un babau che m'ha fatto saltare in aria come un razzo! -Davvero, poveretto! -dissero gli altri. -Si deve appiccar fuoco alla casa! -esclamò la voce del Coniglio; ma Alice gridò subito con quanta forza aveva in gola: -Se lo fate, guai! Vi farò acchiappare da Dina! Si fece immediatamente un silenzio mortale, e Alice disse fra sè: "Chi sa che faranno ora! Se avessero tanto di cervello in testa scoperchierebbero la casa." Dopo uno o due minuti cominciarono a muoversi di nuovo e sentì il Coniglio dire: -Basterà una carriola piena per cominciare. -"Piena di che?" -pensò Alice; ma non restò molto in dubbio, perchè subito una grandine di sassolini cominciò a tintinnare contro la finestra ed alcuni la colpirono in faccia. "Bisogna finirla!" -pensò Alice, e strillò: -Non vi provate più! -Successe di nuovo un silenzio di tomba. Alice osservò con sorpresa che i sassolini si trasformavano in pasticcini, toccando il pavimento, e subito un'idea la fece sussultare di gioia: -Se mangio uno di questi pasticcini, -disse, -certo avverrà un mutamento nella mia statura. Giacchè non potranno farmi più grande, mi faranno forse più piccola. E ingoiò un pasticcino, e si rallegrò di veder che cominciava a contrarsi. Appena si sentì piccina abbastanza per uscir dalla porta, scappò da quella casa, e incontrò una folla di piccoli animali e d'uccelli che aspettavano fuori. La povera Lucertola (era Guglielmo) stava nel mezzo, sostenuta da due

Porcellini d'India, che la facevano bere da una bottiglia. Appena comparve Alice, tutti le si scagliarono contro; ma la fanciulla si mise a correre più velocemente che le fu possibile, e riparò incolume in un folto bosco. "La prima cosa che dovrò fare, -pensò Alice, vagando nel bosco, -è di ricrescere e giungere alla mia statura normale; la seconda, di trovare la via per entrare in quel bel giardino. Credo che non ci sia altro di meglio da fare". Il suo progetto era eccellente, senza dubbio; ma la difficoltà stava nel fatto ch'ella non sapeva di dove cominciare a metterlo in atto. Mentre aguzzava gli occhi, guardando fra gli alberi della foresta, un piccolo latrato acuto al di sopra di lei la fece guardare in su presto presto.

Un enorme cucciolo la squadrava con i suoi occhi tondi ed enormi, e allungando una zampa cercava di toccarla. -Poverino! -disse Alice in tono carezzevole, e per ammansirlo si provò a dirgli: -Te', te'! -ma tremava come una canna, pensando che forse era affamato. In questo caso esso l'avrebbe probabilmente divorata, nonostante tutte le sue carezze. Per far la disinvolta, prese un ramoscello e lo presentò al cagnolino; il quale diede un balzo in aria come una palla con un latrato di gioia, e s'avventò al ramoscello come per sbranarlo. Allora Alice si mise cautamente dietro un cardo altissimo per non esser travolta; quando si affacciò dall'altro lato, il cagnolino s'era avventato nuovamente al ramoscello, ed aveva fatto un capitombolo nella furia di afferrarlo. Ma ad Alice sembrò che fosse come voler scherzare con un cavallo da trasporto. Temendo d'esser calpestata dalle zampe della bestia, si rifugiò di nuovo dietro al cardo: allora il cagnolino cominciò una serie di cariche contro il ramoscello, andando sempre più in là, e rimanendo sempre più in qua del necessario, abbaiando raucamente sinchè non s'acquattò ansante a una certa distanza con la lingua penzoloni, e i grandi occhi semichiusi. Alice colse quell'occasione per scappare. Corse tanto da perdere il fiato, sinchè il latrato del cagnolino si perse in lontananza. -E pure che bel cucciolo che era! -disse Alice, appoggiandosi a un ranuncolo e facendosi vento con una delle sue foglie. -Oh, avrei voluto insegnargli dei giuochi se... se fossi stata d'una statura adatta! Poveretta me! avevo dimenticato che avevo bisogno di crescere ancora! Vediamo, come debbo fare? Forse dovrei mangiare o bere qualche cosa; ma che cosa? Il problema era questo: che cosa? Alice guardò intorno fra i fiori e i fili d'erba; ma non potè veder nulla che le sembrasse adatto a mangiare o a bere per l'occasione. C'era però un grosso fungo vicino a lei, press'a poco alto quanto lei; e dopo che l'ebbe esaminato di sotto, ai lati e di dietro, le parve cosa naturale di vedere che ci fosse di sopra. Alzandosi in punta dei piedi, si affacciò all'orlo del fungo, e gli occhi suoi s'incontrarono con quelli d'un grosso Bruco turchino che se ne stava seduto nel centro con le braccia conserte, fumando tranquillamente una lunga pipa, e non facendo la minima attenzione ne a lei, nè ad altro.

V.Consigli del bruco

Il Bruco e Alice si guardarono a vicenda per qualche tempo in silenzio; finalmente il Bruco staccò la pipa di bocca, e le parlò con voce languida e sonnacchiosa: Chi sei? -disse il Bruco. Non era un bel principio di conversazione. Alice rispose con qualche timidezza: -Davvero non te lo saprei dire ora. So dirti chi fossi, quando mi son levata questa mattina, ma d'allora credo di essere stata cambiata parecchie volte. -Che cosa mi vai contando? -disse austeramente il Bruco. -Spiegati meglio. -Temo di non potermi spiegare, -disse Alice, -perchè non sono più quella di prima, come vedi. -Io non vedo nulla, -rispose il Bruco. -Temo di non potermi spiegare più chiaramente, -soggiunse Alice in maniera assai gentile, -perchè dopo esser stata cambiata di statura tante volte in un giorno, non capisco più nulla. -Non è vero! -disse il Bruco. -Bene, non l'hai sperimentato ancora, -disse Alice, -ma quando ti trasformerai in crisalide, come ti accadrà un giorno, e poi diventerai farfalla, certo ti sembrerà un po'strano, -non è vero? -Niente affatto, -rispose il Bruco. -Bene, tu la pensi diversamente, -replicò Alice; -ma a me parrebbe molto strano. -A te! -disse il Bruco con disprezzo. -Chi sei tu? E questo li ricondusse di nuovo al principio della conversazione. Alice si sentiva un po' irritata dalle brusche osservazioni del Bruco e se ne stette sulle sue, dicendo con gravità: -Perchè non cominci tu a dirmi chi sei? -Perchè? -disse il Bruco. Era un'altra domanda imbarazzante. Alice non seppe trovare una buona ragione. Il Bruco pareva di cattivo umore e perciò ella fece per andarsene. -Vieni qui! -la richiamò il Bruco. -Ho qualche cosa d'importante da dirti. La chiamata prometteva qualche cosa: Alice si fece innanzi. -Non arrabbiarti! -disse il Bruco. -E questo è tutto? -rispose Alice, facendo uno sforzo per frenarsi. -No, -disse il Bruco. Alice pensò che poteva aspettare, perchè non aveva niente di meglio da fare, e perchè forse il Bruco avrebbe potuto dirle qualche cosa d'importante. Per qualche istante il Bruco fumò in silenzio, finalmente sciolse le braccia, si tolse la pipa di bocca e disse:

-E così, tu credi di essere cambiata? -Ho paura di sì, signore, -rispose Alice. -Non posso ricordarmi le cose bene come una volta, e non rimango della stessa statura neppure per lo spazio di dieci minuti! -

Che cosa non ricordi? -disse il Bruco. -Ecco, ho tentato di dire "La vispa Teresa" e l'ho detta tutta diversa! -soggiunse melanconicamente Alice. -Ripetimi "Sei vecchio, caro babbo", -disse il Bruco. Alice incrociò le mani sul petto, e cominciò:

"Sei vecchio, caro babbo" -gli disse il ragazzino -

"sulla tua chioma splende -quasi un candore alpino;

eppur costantemente -cammini sulla testa:

ti sembra per un vecchio -buona maniera questa?"

"Quand'ero bambinello" -rispose il vecchio allora —

"temevo di mandare -il cerebro in malora;

ma adesso persuaso -di non averne affatto,

a testa in giù cammino -più agile d'un gatto."

"Sei vecchio, caro babbo" -gli disse il ragazzino —

e sei capace e vasto -più assai d'un grosso tino:

e pur sfondato hai l'uscio -con una capriola;

"dimmi di quali acrobati -andasti, babbo, a scuola?"

"Quand'ero bambinello." -rispose il padre saggio,

per rafforzar le membra, -io mi facea il massaggio

sempre con quest'unguento. -Un franco alla boccetta.

"chi comperarlo vuole, -fa bene se s'affretta"

"Sei vecchio, caro babbo," -gli disse il ragazzino, -

"e tu non puoi mangiare -che pappa nel brodino;

pure hai mangiato un'oca -col becco e tutte l'ossa

Ma dimmi, ove la pigli, -o babbo, tanta possa?"

"Un dì apprendevo legge." -il padre allor gli disse, —

"ed ebbi con mia moglie continue liti e risse,

e tanta forza impressi -alle ganasce allora,

tanta energia, che, vedi, -mi servon bene ancora."

"Sei vecchio. caro babbo," -gli disse il ragazzino

"e certo come un tempo -non hai più l'occhio fino:

pur reggi in equilibrio -un pesciolin sul naso:

or come così desto -ti mostri in questo caso?"

"A tutte le domande -io t'ho risposto già,

"e finalmente basta!" -risposegli il papà:

"se tutto il giorno poi -mi vuoi così seccare.

ti faccio con un calcio -le scale ruzzolare"

-Non l'hai detta fedelmente, -disse il Bruco. -Temo di no, -rispose timidamente Alice, -certo alcune parole sono diverse. -L'hai detta male, dalla prima parola all'ultima, -disse il Bruco con accento risoluto. Vi fu un silenzio per qualche minuto. Il Bruco fu il primo a parlare: -Di che statura vuoi essere? -domandò. -Oh, non vado tanto pel sottile in fatto di statura, -rispose in fretta Alice; -soltanto non è piacevole mutar così spesso, sai. -Io non ne so nulla, -disse il Bruco. Alice non disse sillaba: non era stata mai tante volte contraddetta, e non ne poteva proprio più. -Sei contenta ora? -domandò il Bruco. - Veramente vorrei essere un pochino più grandetta, se non ti dispiacesse, -rispose Alice, -una statura di otto centimetri è troppo meschina! -Otto centimetri fanno una magnifica statura! -disse il Bruco collerico, rizzandosi come uno stelo, mentre parlava (egli era alto esattamente otto centimetri). -Ma io non ci sono abituata! -si scusò Alice in tono lamentoso. E poi pensò fra sè: "Questa bestiolina s'offende per nulla!" -Col tempo ti ci abituerai, -disse il Bruco, e rimettendosi la pipa in bocca ricominciò a fumare. Questa volta Alice aspettò pazientemente che egli ricominciasse a parlare. Dopo due o tre minuti, il Bruco si tolse la pipa di bocca, sbadigliò due o tre volte, e si scosse tutto. Poi discese dal fungo, e se ne andò strisciando nell'erba, dicendo soltanto queste parole: -Un lato ti farà diventare più alta e l'altro ti farà diventare più bassa. "Un lato di che cosa? L'altro lato di che cosa?" pensò Alice fra sè. -Del fungo, -disse il Bruco, come se Alice lo avesse interrogato ad alta voce; e subito scomparve. Alice rimase pensosa un minuto guardando il fungo, cercando di scoprirne i due lati, ma siccome era perfettamente rotondo, trovò la cosa difficile. A ogni modo allungò più che le fu possibile le braccia per circondare il fungo, e ne ruppe due pezzetti dell'orlo a destra e a sinistra. -Ed ora qual è un lato e qual è l'altro? -si domandò, e si mise ad addentare, per provarne l'effetto, il pezzettino che aveva a destra; l'istante dopo si sentì un colpo violento sotto il mento. Aveva battuto sul piede! Quel mutamento subitaneo la spaventò molto; ma non c'era tempo da perdere, perchè ella si contraeva rapidamente; così si mise subito ad addentare l'altro pezzo. Il suo mento era talmente aderente al piede che a mala pena trovò spazio per aprir la bocca; finalmente riuscì a inghiottire una briccica del pezzettino di sinistra.

-Ecco, la mia testa è libera finalmente! -esclamò Alice gioiosa; ma la sua allegrezza si mutò in terrore, quando si accorse che non poteva più trovare le spalle: tutto ciò che poteva vedere, guardando in basso, era un collo lungo lungo che sembrava elevarsi come uno stelo in un mare di foglie verdi, che stavano a una bella distanza al di sotto. -Che cosa è mai quel campo verde? -disse Alice. -E le mie spalle dove sono? Oh povera me! perchè non vi veggo più, o mie povere mani? -E andava movendole mentre parlava, ma non seguiva altro effetto che un piccolo movimento fra le foglie verdi lontane. E siccome non sembrava possibile portar le mani alla testa, tentò di piegare la testa verso le mani, e fu contenta di rilevare che il collo si piegava e si moveva in ogni senso come il corpo d'un serpente. Era riuscita a curvarlo in giù in forma d'un grazioso zig-zag, e stava per tuffarlo fra le foglie (le cime degli alberi sotto i quali s'era smarrita), quando sentì un sibilo acuto, che glielo fece ritrarre frettolosamente: un grosso Colombo era volato su di lei e le sbatteva violentemente le ali contro la faccia. -Serpente! -gridò il Colombo. -Io non sono un serpente, -disse Alice indignata. -Vattene! -Serpente, dico! -ripetè il Colombo, ma con tono più dimesso, e soggiunse singhiozzando: -Ho cercato tutti i rimedi, ma invano. -Io non comprendo affatto di che parli, -disse Alice. -Ho provato le radici degli alberi, ho provato i clivi, ho provato le siepi, -continuò il Colombo senza badarle; -ma i serpenti! Oh, non c'è modo di accontentarli! Alice sempre più confusa, pensò che sarebbe stato inutile dir nulla, sin che il Colombo non avesse finito. -Come se fosse poco disturbo covar le uova, -disse il Colombo. -Bisogna vegliarle giorno e notte! Sono tre settimane che non chiudo occhio! -Mi dispiace di vederti così sconsolato! disse Alice, che cominciava a comprendere. -E appunto quando avevo scelto l'albero più alto del bosco, -continuò il Colombo con un grido disperato, -e mi credevo al sicuro finalmente, ecco che mi discendono dal cielo! Ih! Brutto serpente! -Ma io non sono un serpente, ti dico! -rispose Alice. -Io sono una... Io sono una... -Bene, chi sei? -chiese il Colombo. -È chiaro che tu cerchi dei raggiri per ingannarmi! -Io... io sono una bambina, -rispose Alice, ma con qualche dubbio, perchè si rammentava i molti mutamenti di quel giorno. -È una frottola! -disse il Colombo col tono del più amaro disprezzo. -Ho veduto molte bambine in vita mia, ma con un collo come il tuo, mai. No, no! Tu sei un serpente, è inutile negarlo. Scommetto che avrai la faccia di dirmi che non hai assaggiato mai un uovo! -Ma certo che ho mangiato delle uova, -soggiunse Alice, che era una bambina molto sincera. -Non son soli i serpenti a mangiare le uova; le mangiano anche le bambine. -Non ci credo, -disse il Colombo, -ma se così fosse le bambine sarebbero un'altra razza di serpenti, ecco tutto. Questa idea parve così nuova ad Alice che rimase in silenzio per uno o due minuti; il Colombo colse quell'occasione per aggiungere: -Tu vai a caccia di uova, questo è certo, e che m'importa, che tu sia una bambina o un serpente? -Ma importa moltissimo a me, -rispose subito Alice. -A ogni modo non vado in cerca di uova; e anche se ne cercassi, non ne vorrei delle tue; crude non mi piacciono. -Via dunque da me! -disse brontolando il Colombo, e si accovacciò nel nido. Alice s'appiattò come meglio potè fra gli alberi, perchè il collo le s'intralciava tra i rami, e spesso doveva fermarsi per distrigarnelo. Dopo qualche istante, si ricordò che aveva tuttavia nelle mani i due pezzettini di fungo, e si mise all'opera con molta accortezza addentando ora l'uno ora l'altro, e così diventava ora più alta ora più bassa, finchè riuscì a riavere la sua statura giusta. Era da tanto tempo che non aveva la sua statura giusta, che da prima le parve strano; ma vi si abituò in pochi minuti, e ricominciò a parlare fra sè secondo il solito. -Ecco sono a metà del mio piano! Sono pure strani tutti questi mutamenti!

Non so mai che diventerò da un minuto all'altro! Ad ogni modo, sono tornata alla mia statura normale: ora bisogna pensare ad entrare in quel bel giardino... Come farò, poi? E così dicendo, giunse senza avvedersene in un piazzale che aveva nel mezzo una casettina alta circa un metro e venti. -Chiunque vi abiti, -pensò Alice, -non posso con questa mia statura fargli una visita; gli farei una gran paura! E cominciò ad addentare il pezzettino che aveva nella destra, e non osò di avvicinarsi alla casa, se non quando ebbe la statura d'una ventina di centimetri.

Per un po' si mise a guardare la casa, e non sapeva che fare, quando ecco un valletto in livrea uscire in corsa dalla foresta... (lo prese per un valletto perchè era in livrea, altrimenti al viso lo avrebbe creduto un pesce), e picchiare energicamente all'uscio con le nocche delle dita. La porta fu aperta da un altro valletto in livrea, con una faccia rotonda e degli occhi grossi, come un ranocchio; ed Alice osservò che entrambi portavano delle parrucche inanellate e incipriate. Le venne la curiosità di sapere di che si trattasse, e uscì cautamente dal cantuccio della foresta, e si mise ad origliare.

Il pesce valletto cavò di sotto il braccio un letterone grande quasi quanto lui, e lo presentò all'altro, dicendo solennemente: "Per la Duchessa. Un invito della Regina per giocare una partita di croquet." Il ranocchio valletto rispose nello stesso tono di voce, ma cambiando l'ordine delle parole: "Dalla Regina. Un invito per la Duchessa per giocare una partita di croquet." Ed entrambi s'inchinarono sino a terra, e le ciocche de' loro capelli si confusero insieme. Alice scoppiò in una gran risata, e si rifugiò nel bosco per non farsi sentire, e quando tornò il pesce valletto se n'era andato, e l'altro s'era seduto sulla soglia dell'uscio, fissando stupidamente il cielo. Alice si avvicinò timidamente alla porta e picchiò. -È inutile picchiare, -disse il valletto, -e questo per due ragioni. La prima perchè io sto dalla stessa parte della porta dove tu stai, la seconda perchè di dentro si sta facendo tanto fracasso, che non sentirebbe nessuno. -E davvero si sentiva un gran fracasso di dentro, un guaire e uno starnutire continui, e di tempo in tempo un gran scroscio, come se un piatto o una caldaia andasse in pezzi. -Per piacere, -domandò Alice, -che ho da fare per entrare? -Il tuo picchiare avrebbe un significato, -continuò il valletto senza badarle, -se la porta fosse fra noi due. Per esempio se tu fossi dentro, e picchiassi, io potrei farti uscire, capisci. E parlando continuava a guardare il cielo, il che ad Alice pareva un atto da maleducato. "Ma forse non può farne a meno, -disse fra sè -ha gli occhi quasi sull'orlo della fronte! Potrebbe però rispondere a qualche domanda..." -Come fare per entrare? -disse Alice ad alta voce. -Io me ne starò qui, -osservò il valletto, -fino a domani... In quell'istante la porta si aprì, e un gran piatto volò verso la testa del valletto, gli sfiorò il naso e si ruppe in cento pezzi contro un albero più oltre. —...forse fino a poidomani, - continuò il valletto come se nulla fosse accaduto. -Come debbo fare per entrare? -gridò Alice più forte. -Devi entrare? -rispose il valletto. -Si tratta di questo principalmente, sai. Senza dubbio, ma Alice non voleva sentirlo dire. "È spaventoso, -mormorò fra sè, -il modo con cui discutono queste bestie. Mi farebbero diventar matta!" Il valletto colse l'occasione per ripetere l'osservazione con qualche variante: -io me ne starò seduto qui per giorni e giorni. -Ma io che debbo fare? - domandò Alice. -Quel che ti pare e piace, -rispose il valletto, e si mise a fischiare. -È inutile discutere con lui, -disse Alice disperata: -è un perfetto imbecille! -Aprì la porta ed entrò.

La porta conduceva di filato a una vasta cucina, da un capo all'altro invasa di fumo: la Duchessa sedeva in mezzo su uno sgabello a tre piedi, cullando un bambino in seno; la cuoca era di fronte al fornello, rimestando in un calderone che pareva pieno di minestra. "Certo, c'è troppo pepe in quella minestra!" -disse Alice a sè stessa, non potendo frenare uno starnuto. Davvero c'era troppo sentor di pepe in aria. Anche la Duchessa starnutiva qualche volta; e quanto al bambino non faceva altro che starnutire e strillare senza un istante di riposo. I soli due esseri che non starnutivano nella cucina, erano la cuoca e un grosso gatto, che se ne stava accoccolato sul focolare, ghignando con tutta la bocca, da un orecchio all'altro. -Per piacere, - domandò Alice un po' timidamente, perchè non era certa che fosse buona creanza di cominciare lei a parlare, -perchè il suo gatto ghigna così? -È un Ghignagatto, -rispose la Duchessa, -ecco perchè. Porco! Ella pronunciò l'ultima parola con tanta energia, che Alice fece un balzo; ma subito comprese che quel titolo era dato al bambino, e non già a lei. Così si riprese e continuò: -Non sapevo che i gatti ghignassero a quel modo: anzi non sapevo neppure che i gatti potessero ghignare. -Tutti possono ghignare, -rispose la Duchessa; -e la maggior parte ghignano. -Non ne conosco nessuno che sappia farlo, -replicò Alice con molto rispetto, e contenta finalmente di conversare. -Tu non sai molto, -disse la Duchessa; -non c'è da dubitarne! Il tono secco di questa conversazione non piacque ad Alice, che volle cambiar discorso. Mentre cercava un soggetto, la cuoca tolse il calderone della minestra dal fuoco, e tosto si mise a gettare tutto ciò che le stava vicino contro la Duchessa e il bambino... Scagliò prima le molle, la padella, e l'attizzatoio; poi un nembo di casseruole, di piatti e di tondi. La duchessa non se ne dava per intesa, nemmeno quand'era colpita; e il bambino guaiva già tanto, che era impossibile dire se i colpi gli facessero male o no. -Ma badi a quel che fa! -gridò Alice, saltando qua e là atterrita. -Addio naso! - continuò a dire, mentre un grosso tegame sfiorava il naso del bimbo e poco mancò non glielo portasse via. -Se tutti badassero ai fatti loro, -esclamò la Duchessa con un rauco grido, -il mondo andrebbe molto più presto di quanto non faccia. -Non sarebbe un bene, -disse Alice, lieta di poter sfoggiare la sua dottrina. -Pensi che sarebbe del giorno e della notte! La terra, com'ella sa, ci mette ventiquattro ore a girare intorno al suo asse... -A proposito di asce! -gridò la Duchessa, - tagliatele la testa! Alice guardò ansiosamente la cuoca per vedere se ella intendesse obbedire; ma la cuoca era occupata a rimestare la minestra, e, non pareva che avesse ascoltato, perciò andò innanzi dicendo: -Ventiquattro ore, credo; o dodici? Io... -Oh non mi seccare, -disse la Duchessa. -Ho sempre odiato i numeri! -E si rimise a cullare il bimbo, cantando una certa sua ninnananna, e dandogli una violenta scossa alla fine d'ogni strofa:

Vo col bimbo per la corte,

 se starnuta dàgli forte: lui

 lo sa che infastidisce

 e per picca starnutisce.

Coro

(al quale si unisce la cuoca)

Ahi ahi ahi!!!

Mentre la Duchessa cantava il secondo verso, scoteva il bimbo su e giù con molta violenza, e il poverino strillava tanto che Alice appena potè udire le parole della canzoncina:

Vo col bimbo per le corte,

 se starnuta gli dò forte;

 lui se vuole può mangiare

tutto il pepe che gli pare.

Coro

Ahi, ahi ahi!!!

-Tieni, lo potrai cullare un poco se ti piace! -disse la Duchessa ad Alice, buttandole il bimbo in braccio. -Vado a prepararmi per giocare una partita a croquet con la Regina. -E uscì in fretta dalla stanza. La cuoca le scaraventò addosso una padella, e per un pelo non la colse. Alice afferrò il bimbo, ma con qualche difficoltà, perchè era una creatura stranissima; springava le mani e i piedi in tutti i sensi, "proprio come una stella di mare" pensò Alice. Il poverino quando Alice lo prese, ronfava come una macchina a vapore e continuava a contorcersi e a divincolarsi così che, per qualche istante, ella dubitò di non poterlo neanche reggere. Appena la fanciulla ebbe trovato la maniera di cullarlo a modo, (e questo consistè nel ridurlo a una specie di nodo, e nell'afferrarlo al piede sinistro e all'orecchio destro, per impedirgli di sciogliersi) lo portò all'aria aperta. -Se non mi porto via questo bambino, -osservò Alice, -è certo che fra qualche giorno lo ammazzeranno; non sarebbe un assassinio l'abbandonarlo? -Disse le ultime parole a voce alta, e il poverino si mise a grugnire per risponderle (non starnutiva più allora). -Non grugnire, -disse Alice, -non è educazione esprimersi a codesto modo. Il bambino grugnì di nuovo, e Alice lo guardò ansiosamente in faccia per vedere che avesse. Aveva un naso troppo all'insù, e non c'era dubbio che rassomigliava più a un grugno che a un naso vero e proprio; e poi gli occhi gli stavano diventando così piccoli che non parevano di un bambino: in complesso quell'aspetto non piaceva ad Alice. "Forse singhiozzava", pensò, e lo guardò di nuovo negli occhi per vedere se ci fossero lagrime. Ma non ce n'erano. -Carino mio, se tu ti trasformi in un porcellino, -disse Alice seriamente, -non voglio aver più nulla a che fare con te. Bada dunque! -Il poverino si rimise a singhiozzare (o a grugnire, chi sa, era difficile dire) e si andò innanzi in silenzio per qualche tempo. Alice, intanto, cominciava a riflettere: "Che cosa ho da fare di questa creatura quando arrivo a casa?" allorchè quella creatura grugnì di nuovo e con tanta energia, che ella lo guardò in faccia sgomenta. Questa volta non c'era dubbio: era un porcellino vero e proprio, ed ella si convinse che era assurdo portarlo oltre. Così depose la bestiolina in terra, e si sentì sollevata quando la vide trottar via tranquillamente verso il bosco. -Se fosse cresciuto, sarebbe stato un ragazzo troppo brutto; ma diventerà un magnifico porco, credo. -E si ricordò di certi fanciulli che conosceva, i quali avrebbero potuto essere degli ottimi porcellini, e stava per dire: -Se si sapesse il vero modo di trasformarli... -quando sussultò di paura, scorgendo il Ghignagatto, seduto su un ramo d'albero a pochi passi di distanza.

Il Ghignagatto si mise soltanto a ghignare quando vide Alice."Sembra di buon umore, -essa pensò; -ma ha le unghie troppo lunghe, ed ha tanti denti," perciò si dispose a trattarlo con molto rispetto. -Ghignagatto, -cominciò a parlargli con un poco di timidezza, perchè non sapeva se quel nome gli piacesse; comunque egli fece un ghigno più grande. "Ecco, ci ha piacere," pensò Alice e continuò: -Vorresti dirmi per dove debbo andare? -Dipende molto dal luogo dove vuoi andare, -rispose il Gatto. -Poco m'importa dove... -disse Alice. -Allora importa poco sapere per dove devi andare, -soggiunse il Gatto. —...purchè giunga in qualche parte, -riprese Alice come per spiegarsi meglio. -Oh certo vi giungerai! -disse il Gatto, non hai che da camminare. Alice sentì che quegli aveva ragione e tentò un'altra domanda. -Che razza di gente c'è in questi dintorni? -Da questa parte, -rispose il Gatto, facendo un cenno con la zampa destra, -abita un Cappellaio; e da questa parte, -indicando con l'altra zampa, -abita una Lepre di Marzo. Visita l'uno o l'altra, sono tutt'e due matti. -Ma io non voglio andare fra i matti, -osservò Alice. -Oh non ne puoi fare a meno, -disse il Gatto, -qui siamo tutti matti. Io sono matto, tu sei matta. -Come sai che io sia matta? -domandò Alice. -Tu sei matta, -disse il Gatto, -altrimenti non saresti venuta qui. Non parve una ragione sufficiente ad Alice, ma pure continuò: -E come sai che tu sei matto? -Intanto, -disse il Gatto, -un cane non è matto. Lo ammetti? -Ammettiamolo, -rispose Alice. -Bene, -continuò il Gatto, -un cane brontola quando è in collera, e agita la coda quando è contento. Ora io brontolo quando sono contento ed agito la coda quando sono triste. Dunque sono matto. -Io direi far le fusa e non già brontolare, -disse Alice. -Di' come ti pare, -rispose il Gatto. -Vai oggi dalla Regina a giocare a croquet? -Sì, che ci andrei, -disse Alice, -ma non sono stata ancora invitata. -Mi rivedrai da lei, -disse il Gatto, e scomparve. Alice non se ne sorprese; si stava abituando a veder cose strane. Mentre guardava ancora il posto occupato dal Gatto, eccolo ricomparire di nuovo. -A proposito, che n'è successo del bambino? -disse il Gatto. —.Avevo dimenticato di domandartelo. -S'è trasformato in porcellino, -rispose Alice tranquillamente, come se la ricomparsa del Gatto fosse più che naturale. -Me l'ero figurato, -disse il Gatto, e svanì di nuovo. Alice aspettò un poco con la speranza di rivederlo, ma non ricomparve più, ed ella pochi istanti dopo prese la via dell'abitazione della Lepre di Marzo. "Di cappellai ne ho veduti tanti, -disse fra sè: -sarà più interessante la Lepre di Marzo. Ma siccome siamo nel mese di maggio, non sarà poi tanto matta... almeno sarà meno matta che in marzo". Mentre diceva così guardò in su, e vide di nuovo il Gatto, seduto sul ramo d'un albero. -Hai detto porcellino o porcellana? -domandò il Gatto. -Ho detto porcellino, -rispose Alice; -ma ti prego di non apparire e scomparire con tanta rapidità: mi fai girare il capo! -Hai ragione, -disse il Gatto; e questa volta svanì adagio adagio; cominciando con la fine della coda e finendo col ghigno, il quale rimase per qualche tempo sul ramo, dopo che tutto s'era dileguato.

-Curioso! ho veduto spesso un gatto senza ghigno; -osservò Alice, -mai un ghigno senza Gatto. È la cosa più strana che mi sia capitata! Non s'era allontanata di molto, quando arrivò di fronte alla dimora della Lepre di Marzo: pensò che fosse proprio quella, perchè i comignoli avevano la forma di orecchie, e il tetto era coperto di pelo. La casa era così grande che ella non osò avvicinarsi se non dopo aver sbocconcellato un po' del fungo che aveva nella sinistra, e esser cresciuta quasi sessanta centimetri di altezza: ma questo non la rendeva più coraggiosa. Mentre si avvicinava, diceva fra sè: "E se poi fosse pazza furiosa? Sarebbe meglio che fossi andata dal Cappellaio."

Sotto un albero di rimpetto alla casa c'era una tavola apparecchiata. Vi prendevano il tè la Lepre di Marzo e il Cappellaio. Un Ghiro profondamente addormentato stava fra di loro, ed essi se ne servivano come se fosse stato un guanciale, poggiando su di lui i gomiti, e discorrendogli sulla testa. "Un gran disturbo per il Ghiro, - pensò Alice, -ma siccome dorme, immagino che non se ne importi nè punto, nè poco." La tavola era vasta, ma i tre stavano stretti tutti in un angolo: -Non c'è posto! Non c'è posto! -gridarono, vedendo Alice avvicinarsi. -C'è tanto posto! -disse Alice sdegnata, e si sdraiò in una gran poltrona, a un'estremità della tavola.

-Vuoi un po' di vino? -disse la Lepre di Marzo affabilmente. Alice osservò la mensa, e vide che non c'era altro che tè. -Non vedo il vino, -ella osservò. -Non ce n'è, replicò la Lepre di Marzo. -Ma non è creanza invitare a bere quel che non c'è, -disse Alice in collera. - Neppure è stata creanza da parte tua sederti qui senza essere invitata, -osservò la Lepre di Marzo. -Non sapevo che la tavola ti appartenesse, -rispose Alice; -è apparecchiata per più di tre. - Dovresti farti tagliare i capelli, -disse il Cappellaio. Egli aveva osservato Alice per qualche istante con molta curiosità, e quelle furono le sue prime parole. —Tu non dovresti fare osservazioni personali, -disse Alice un po' severa; -è sconveniente. Il Cappellaio spalancò gli occhi; ma quel che rispose fu questo: -Perchè un corvo somiglia a uno scrittoio? -Ecco, ora staremo allegri! -pensò Alice. — Sono contenta che hanno cominciato a proporre degli indovinelli... credo di poterlo indovinare, -soggiunse ad alta voce. -Intendi dire che credi che troverai la risposta? -domandò la Lepre di Marzo. - Appunto, -rispose Alice. -Ebbene, dicci ciò che intendi, -disse la Lepre di Marzo. -Ecco, -riprese Alice in fretta; -almeno intendo ciò che dico... è lo stesso, capisci. -Ma che lo stesso! -disse il Cappellaio. -Sarebbe come dire che "veggo ciò che mangio" sia lo stesso di "mangio quel che veggo." -Sarebbe come dire, -soggiunse la Lepre di Marzo, -che "mi piace ciò che prendo", sia lo stesso che "prendo ciò che mi piace?" -Sarebbe come dire, -aggiunse il Ghiro che pareva parlasse nel sonno, -che "respiro quando dormo", sia lo stesso che "dormo quando respiro?" -È lo stesso per te, -disse il Cappellaio. E qui la conversazione cadde, e tutti stettero muti per un poco, mentre Alice cercava di ricordarsi tutto ciò che sapeva sui corvi e sugli scrittoi, il che non era molto. Il Cappellaio fu il primo a rompere il silenzio. -Che giorno del mese abbiamo? -disse, volgendosi ad Alice. Aveva cavato l'orologio dal taschino e lo guardava con un certo timore, scuotendolo di tanto in tanto, e portandoselo all'orecchio. Alice meditò un po' e rispose: -Oggi ne abbiamo quattro. -Sbaglia di due giorni! -osservò sospirando il Cappellaio. -Te lo avevo detto che il burro avrebbe guastato il congegno! -soggiunse guardando con disgusto la Lepre di Marzo. -Il burro era ottimo, -rispose umilmente la Lepre di Marzo. --Sì ma devono esserci entrate anche delle molliche di pane, -borbottò il Cappellaio, -non dovevi metterlo dentro col coltello del pane. La Lepre di Marzo prese l'orologio e lo guardò malinconicamente: poi lo tuffò nella sua tazza di tè, e l'osservò di nuovo: ma non seppe far altro che ripetere l'osservazione di dianzi: -Il burro era ottimo, sai. Alice, che l'aveva guardato curiosamente, con la coda dell'occhio, disse: -Che strano orologio! segna i giorni e non dice le ore. -Perchè? -esclamò il Cappellaio. -Che forse il tuo orologio segna in che anno siamo? -No, -si affrettò a rispondere Alice -ma l'orologio segna lo stesso anno per molto tempo. -Quello che fa il mio, -rispose il Cappellaio. Alice ebbe un istante di grande confusione. Le pareva che l'osservazione del Cappellaio non avesse alcun senso; e pure egli parlava correttamente. -Non ti comprendo bene! -disse con la maggiore delicatezza possibile. -Il Ghiro s'è di nuovo addormentato, -disse il Cappellaio, e gli versò sul naso un poco di tè bollente. Il Ghiro scosse la testa con atto d'impazienza, e senza aprire gli occhi disse: -Già! Già! stavo per dirlo io. -Credi ancora di aver sciolto l'indovinello? -disse il Cappellaio, volgendosi di nuovo ad Alice. -No, ci rinunzio, -rispose Alice. -Qual'è la risposta? -Non la so, -rispose il Cappellaio. -Neppure io, -rispose la Lepre di Marzo. Alice sospirò seccata, e disse: -Ma credo potresti fare qualche cosa di meglio che perdere il tempo, proponendo indovinelli senza senso. -Se tu conoscessi il tempo come lo conosco io, -rispose il Cappellaio, -non diresti che lo perdiamo. Domandaglielo. -Non comprendo che vuoi dire, -osservò Alice. -Certo che non lo comprendi! -disse il Cappellaio, scotendo il capo con aria di disprezzo -Scommetto che tu non hai mai parlato col tempo. -Forse no, -rispose prudentemente Alice; -ma so che debbo battere il tempo quando studio la musica.

-Ahi, adesso si spiega, -disse il Cappellaio. -Il tempo non vuol esser battuto. Se tu fossi in buone relazioni con lui, farebbe dell'orologio ciò che tu vuoi. Per esempio, supponi che siano le nove, l'ora delle lezioni, basterebbe che gli dicessi una parolina all orecchio, e in un lampo la lancetta andrebbe innanzi! Mezzogiorno, l'ora del desinare! ("Vorrei che fosse mezzogiorno," bisbigliò fra sè la Lepre di Marzo). -Sarebbe magnifico, davvero -disse Alice pensosa: -ma non avrei fame a quell'ora, capisci. -Da principio, forse, no, -riprese il Cappellaio, -ma potresti fermarlo su le dodici fin quando ti parrebbe e piacerebbe. -E tu fai così? -domandò Alice. Il Cappellaio scosse mestamente la testa e rispose: -Io no. Nel marzo scorso abbiamo litigato... proprio quando diventò matta lei... -(e indicò col cucchiaio la Lepre di Marzo...) Fu al gran concerto dato dalla Regina di Cuori... ivi dovetti cantare:

Splendi, splendi, pipistrello!

Su pel cielo vai bel bello!

-Conosci tu quest'aria? -Ho sentito qualche cosa di simile, -disse Alice. -Senti, è così, -continuò il Cappellaio:

Non t'importa d'esser solo

e sul mondo spieghi il volo.

Splendi. splendi...

A questo il Ghiro si riscosse, e cominciò a cantare nel sonno:

Teco il pane; teco il pane aggiungerò....

e via via andò innanzi fino a che gli dovettero dare dei pizzicotti per farlo tacere. -Ebbene, avevo appena finito di cantare la prima strofa, -disse il Cappellaio, -quando la Regina proruppe infuriata: -Sta assassinando il tempo! Tagliategli la testa! -Feroce! -esclamò Alice. -E d'allora, -continuò melanconicamente il Cappellaio, -il tempo non fa più nulla di quel che io voglio! Segna sempre le sei! Alice ebbe un'idea luminosa e domandò: È per questo forse che vi sono tante tazze apparecchiate? -Per questo, -rispose il Cappellaio, -è sempre l'ora del tè, e non abbiamo mai tempo di risciacquare le tazze negl'intervalli. -Così le fate girare a turno, immagino... disse

Alice. -Proprio così, -replicò il Cappellaio: a misura che le tazze hanno servito. -Ma come fate per cominciare da capo? s'avventurò a chiedere Alice. -Se cambiassimo discorso? -disse la Lepre di Marzo sbadigliando, -Questo discorso mi annoia tanto. Desidero che la signorina ci racconti una storiella. -Temo di non saperne nessuna, -rispose Alice con un po' di timore a quella proposta. -Allora ce la dirà il Ghiro! -gridarono entrambi. -Risvegliati Ghiro! -e gli dettero dei forti pizzicotti dai due lati. Il Ghiro aprì lentamente gli occhi, e disse con voce debole e roca: -Io non dormivo! Ho sentito parola per parola ciò che avete detto. -Raccontaci una storiella! -disse la Lepre di Marzo. -Per piacere, diccene una! -supplicò Alice. -E sbrigati! -disse il Cappellaio, -se no ti riaddormenterai prima di finirla. -C'erano una volta tre sorelle, -cominciò in gran fretta il Ghiro. -Si chiamavano Elsa, Lucia e Tilla; e abitavano in fondo a un pozzo... -Che cosa mangiavano? -domandò Alice, la quale s'interessava sempre molto al mangiare e al bere. -Mangiavano teriaca, -rispose il Ghiro dopo averci pensato un poco. -Impossibile, -osservò gentilmente Alice. -si sarebbero ammalate. -E infatti erano ammalate, -rispose il Ghiro, -gravemente ammalate. Alice cercò di immaginarsi quella strana maniera di vivere, ma ne fu più che confusa e continuò: -Ma perchè se ne stavano in fondo a un pozzo? -Prendi un po' più di tè! -disse la Lepre di Marzo con molta serietà. -Non ne ho avuto ancora una goccia, -rispose Alice in tono offeso, -così non posso prenderne un po' di più. -Vuoi dire che non ne puoi prendere meno. -disse il Cappellaio: -è molto più facile prenderne più di nulla che meno di nulla. -Nessuno ha domandato il tuo parere, -soggiunse Alice. -Chi è ora che fa delle osservazioni personali? -domandò il Cappellaio con aria di trionfo. Alice non seppe che rispondere; ma prese una tazza di tè con pane e burro, e volgendosi al Ghiro, gli ripetè la domanda: -Perchè se ne stavano in fondo a un pozzo? Il Ghiro si prese un minuto o due per riflettere, e rispose: -Era un pozzo di teriaca. -Ma non s'è sentita mai una cosa simile! interruppe Alice sdegnata. Ma la Lepre di Marzo e il Cappellaio facevano: -St! st! -e il Ghiro continuò burbero: -Se non hai educazione, finisciti da te la storiella. -No, continua pure! -disse Alice molto umilmente: -Non ti interromperò più. Forse esiste un pozzo così. -Soltanto uno! -rispose il Ghiro indignato. A ogni modo acconsentì a continuare: -E quelle tre sorelle... imparavano a trarne... -Che cosa traevano? -domandò Alice, dimenticando che aveva promesso di tacere. -Teriaca, -rispose il Ghiro, questa volta senza riflettere. -Mi occorre una tazza pulita, -interruppe il Cappellaio; -moviamoci tutti d'un posto innanzi. E mentre parlava si mosse, e il Ghiro lo seguì: la Lepre di Marzo occupò il posto del Ghiro, e Alice si sedette di mala voglia al posto della Lepre di Marzo. Il solo Cappellaio s'avvantaggiò dello spostamento: e Alice si trovò peggio di prima, perchè la Lepre di Marzo s'era rovesciato il vaso del latte nel piatto. Alice, senza voler offender di nuovo il Ghiro disse con molta discrezione: -Non comprendo bene. Di dove traevano la teriaca? -Tu puoi trarre l'acqua da un pozzo d'acqua? -disse il Cappellaio; -così immagina, potresti trarre teriaca da un pezzo di teriaca... eh! scioccherella! -Ma esse erano nel pozzo, -disse Alice al Ghiro. - Sicuro, e ci stavano bene, -disse il Ghiro. -Imparavano a trarre, -continuò il Ghiro, sbadigliando e stropicciandosi gli occhi, perchè cadeva di sonno; -e traevano cose d'ogni genere... tutte le cose che cominciano con una T... -Perchè con una T? -domandò Alice. -Perchè no? -gridò la Lepre di Marzo. Alice non disse più sillaba. Il Ghiro intanto aveva chiusi gli occhi cominciando a sonnecchiare; ma, pizzicato dal Cappellaio, si destò con un grido, e continuò: -Che cominciano con una T. come una trappola, un topo, una topaia, un troppo... già tu dici: "il troppo stroppia", oh, non hai mai veduto come si tira il troppo stroppia?" -Veramente, ora che mi domandi, -disse Alice, molto confusa, -non saprei... -Allora stai zitta, -disse il Cappellaio. Questo saggio di sgarbatezza sdegnò grandemente Alice, la quale si levò d'un tratto e se ne uscì. Il Ghiro si addormentò immediatamente, e nessuno degli altri due si accorse che Alice se n'era andata, benchè ella si fosse voltata una o due volte, con una mezza speranza d'essere richiamata: l'ultima volta vide che essi cercavano di tuffare il Ghiro nel vaso del tè.

-Non ci tornerò mai più, -disse Alice entrando nel bosco. -È la più stupida gente che io m'abbia mai conosciuta. Mentre parlava così osservò un albero con un uscio nel tronco. "Curioso, -pensò Alice. -Ma ogni cosa oggi è curiosa. Credo che farò bene ad entrarci subito". Ed entrò. Si trovò di nuovo nella vasta sala, e presso il tavolino di cristallo. -Questa volta saprò far meglio, -disse, e prese la chiavetta d'oro ed aprì la porta che conduceva nel giardino. Poi si mise a sbocconcellare il fungo (ne aveva conservato un pezzetto in tasca), finchè ebbe un trenta centimetri d'altezza o giù di lì: percorse il piccolo corridoio: e poi si trovò finalmente nell'ameno giardino in mezzo alle aiuole fulgide di fiori, e alle freschissime fontane.

VIII. Il croquet della Regina

Un gran cespuglio di rose stava presso all'ingresso del giardino. Le rose germogliate erano bianche, ma v'erano lì intorno tre giardinieri occupati a dipingerle rosse. "È strano!" pensò Alice, e s'avvicinò per osservarli, e come fu loro accanto, sentì dire da uno: -Bada, Cinque! non mi schizzare la tua tinta addosso! -E che vuoi da me? -rispose Cinque in tono burbero. -Sette mi ha urtato il braccio. Sette lo guardò e disse: -Ma bene! Cinque dà sempre la colpa agli altri! -Tu faresti meglio a tacere! -disse Cinque. -Proprio ieri la Regina diceva che tu meriteresti di essere decapitato! -Perchè? -domandò il primo che aveva parlato. -Questo non ti riguarda, Due! -rispose Sette. Sì, che gli riguarda! -disse Cinque; -e glielo dirò io... perchè hai portato al cuoco bulbi di tulipani invece di cipolle. Sette scagliò lontano il pennello, e stava lì lì per dire: -Di tutte le cose le più ingiuste... - quando incontrò gli occhi di Alice e si mangiò il resto della frase. Gli altri similmente si misero a guardarla e le fecero tutti insieme una profonda riverenza. Volete gentilmente dirmi, -domandò Alice, con molta timidezza, -perchè state dipingendo quelle rose? Cinque e Sette non risposero, ma diedero uno sguardo a Due. Due disse allora sottovoce: -Perchè questo qui doveva essere un rosaio di rose rosse. Per isbaglio ne abbiamo piantato uno di rose bianche. Se la Regina se ne avvedesse, ci farebbe tagliare le teste a tutti. Così, signorina, facciamo il possibile per rimediare prima ch'essa venga a... In quell'istante Cinque che guardava attorno pieno d'ansia, gridò: -La Regina! la Regina! -e i tre giardinieri si gettarono immediatamente a faccia a terra. Si sentì un gran scalpiccìo, e Alice si volse curiosa a veder la Regina. Prima comparvero dieci soldati armati di bastoni: erano della forma dei tre giardinieri, bislunghi e piatti, le mani e i piedi agli angoli: seguivano dieci cortigiani, tutti rilucenti di diamanti; e sfilavano a due a due come i soldati. Venivano quindi i principi reali, divisi a coppie e saltellavano a due a due, tenendosi per mano: erano ornati di cuori. Poi sfilavano gli invitati, la maggior parte re e regine, e fra loro Alice riconobbe il Coniglio Bianco che discorreva in fretta nervosamente, sorridendo di qualunque cosa gli si dicesse. Egli passò innanzi senza badare ad Alice. Seguiva il fante di cuori, portando la corona reale sopra un cuscino di velluto rosso; e in fondo a tutta questa gran processione venivano Il Re e la Regina

Di Cuori. Alice non sapeva se dovesse prosternarsi, come i tre giardinieri, ma non potè ricordarsi se ci fosse un costume simile nei cortei reali. "E poi, a che servirebbero i cortei, -riflettè, -se tutti dovessero stare a faccia per terra e nessuno potesse vederli?" Così rimase in piedi ad aspettare. Quando il corteo arrivò di fronte ad Alice, tutti si fermarono e la guardarono; e la Regina gridò con cipiglio severo: -Chi è costei? -e si volse al fante di cuori, il quale per tutta risposta sorrise e s'inchinò. -Imbecille! -disse la Regina, scotendo la testa impaziente; indi volgendosi ad Alice, continuò a dire: -Come ti chiami, fanciulla? -Maestà, mi chiamo Alice, -rispose la fanciulla con molta garbatezza, ma soggiunse fra sè: "Non è che un mazzo di carte, dopo tutto? Perchè avrei paura?" -E quelli chi sono? -domandò la Regina indicando i tre giardinieri col viso a terra intorno al rosaio; perchè, comprendete, stando così in quella posizione, il disegno posteriore rassomigliava a quello del resto del mazzo, e la Regina non poteva distinguere se fossero giardinieri, o soldati, o cortigiani, o tre dei suoi stessi figliuoli. -Come volete che io lo sappia? -rispose Alice, che si meravigliava del suo coraggio. -È cosa che non mi riguarda. La Regina diventò di porpora per la rabbia e, dopo di averla fissata selvaggiamente come una bestia feroce, gridò: -Tagliatele la testa, subito!...

-Siete matta! -rispose Alice a voce alta e con fermezza; e la Regina tacque. Il Re mise la mano sul braccio della Regina, e disse timidamente: -Rifletti, cara mia, è una bambina! La Regina irata gli voltò le spalle e disse al fante: -Voltateli! Il fante obbedì, e con un piede voltò attentamente i giardinieri. -Alzatevi! -gridò la Regina, e i tre giardinieri, si levarono immediatamente in piedi, inchinandosi innanzi al Re e alla Regina, ai principi reali, e a tutti gli altri. -Basta! -strillò la regina. -Mi fate girare la testa. -E guardando il rosaio continuò: -Che facevate qui? -Con buona grazia della Maestà vostra, -rispose Due umilmente, piegando il ginocchio a terra, tentavamo... -Ho compreso! -disse la Regina, che aveva già osservato le rose, -Tagliate loro la testa! -E il corteo reale si rimise in moto, lasciando indietro tre soldati, per mozzare la testa agli sventurati giardinieri, che corsero da Alice per esserne protetti. -Non vi decapiteranno! -disse Alice, e li mise in un grosso vaso da fiori accanto a lei. I tre soldati vagarono qua e là per qualche minuto in cerca di loro, e poi tranquillamente seguirono gli altri. -Avete loro mozzata la testa? -gridò la Regina. -Maestà, le loro teste se ne sono andate! -risposero i soldati. -Bene! -gridò la Regina. -Si gioca il croquet? I soldati tacevano e guardavano Alice, pensando che la domanda fosse rivolta a lei. -Sì! -gridò Alice. Venite qui dunque! -urlò la Regina. E Alice seguì il corteo, curiosa di vedere il seguito. -Che bel tempo! -disse una timida voce accanto a lei. Ella s'accorse di camminare accanto al Coniglio bianco, che la scrutava in viso con una certa ansia. -Bene, -rispose Alice: -dov'è la Duchessa? -St! st! -disse il Coniglio a voce bassa, con gran fretta. Si guardò ansiosamente d'intorno levandosi in punta di piedi, avvicinò la bocca all'orecchio della bambina: -È stata condannata a morte. -Per qual reato? -domandò Alice. -Hai detto: "Che peccato?" -chiese il Coniglio. -Ma no, -rispose Alice: -Ho detto per che reato? -Ha dato uno schiaffo alla Regina... —cominciò il coniglio. Alice ruppe in una risata. -Zitta! -bisbigliò il Coniglio tutto tremante. -Ti potrebbe sentire la Regina! Sai, è arrivata tardi, e la Regina ha detto... -Ai vostri posti! -gridò la Regina con voce tonante. E gl'invitati si sparpagliarono in tutte le direzioni, l'uno rovesciando l'altro: finalmente, dopo un po', poterono disporsi in un certo ordine, e il giuoco cominciò. Alice pensava che in vita sua non aveva mai veduto un terreno più curioso per giocare il croquet; era tutto a solchi e zolle; le palle erano ricci, i mazzapicchi erano fenicotteri vivi, e gli archi erano soldati vivi, che si dovevano curvare e reggere sulle mani e sui piedi.

La principale difficoltà consisteva in ciò, che Alice non sapeva come maneggiare il suo fenicottero; ma poi riuscì a tenerselo bene avviluppato sotto il braccio, con le gambe penzoloni; ma quando gli allungava il collo e si preparava a picchiare il riccio con la testa, il fenicottero girava il capo e poi si metteva a guardarla in faccia con una espressione di tanto stupore che ella non poteva tenersi dallo scoppiare dalle risa: e dopo che gli aveva fatto abbassare la testa, e si preparava a ricominciare, ecco che il riccio si era svolto, e se n'andava via. Oltre a ciò c'era sempre una zolla o un solco là dove voleva scagliare il riccio, e siccome i soldati incurvati si alzavano e andavan vagando qua e là, Alice si persuase che quel giuoco era veramente difficile. I giocatori giocavano tutti insieme senza aspettare il loro turno, litigando sempre e picchiandosi a cagion dei ricci; e in breve la Regina diventò furiosa, e andava qua e là pestando i piedi e gridando: -Mozzategli la testa! -oppure: -Mozzatele la testa! -almeno una volta al minuto. -Alice cominciò a sentirsi un po' a disagio: e vero che non aveva avuto nulla da dire con la Regina; ma poteva succedere da un momento all'altro, e pensò: "Che avverrà di me? Qui c'è la smania di troncar teste. Strano che vi sia ancora qualcuno che abbia il collo a posto!" E pensava di svignarsela, quando scorse uno strano spettacolo in aria. Prima ne restò sorpresa, ma dopo aver guardato qualche istante, vide un ghigno e disse fra sè: "È Ghignagatto: potrò finalmente parlare con qualcuno." -Come va il giuoco? -disse il Gatto, appena ebbe tanto di bocca da poter parlare. Alice aspettò che apparissero gli occhi, e poi fece un cenno col capo. "È inutile parlargli, -pensò, -aspettiamo che appaiano le orecchie, almeno una." Tosto apparve tutta la testa, e Alice depose il suo fenicottero, e cominciò a raccontare le vicende del giuoco, lieta che qualcuno le prestasse attenzione. Il Gatto intanto dopo aver messa in mostra la testa, credè bene di non far apparire il resto del corpo. -Non credo che giochino realmente, -disse Alice lagnandosi. -Litigano con tanto calore che non sentono neanche la loro voce... non hanno regole nel giuoco; e se le hanno, nessuno le osserva... E poi c'è una tal confusione con tutti questi oggetti vivi; che non c'è modo di raccapezzarsi. Per esempio, ecco l'arco che io dovrei attraversare, che scappa via dall'altra estremità del terreno... Proprio avrei dovuto fare croquet col riccio della Regina, ma è fuggito non appena ha visto il mio. -Ti piace la Regina? -domandò il Gatto a voce bassa. -Per nulla! -rispose Alice; -essa è tanto... -Ma s'accorse che la Regina le stava vicino in ascolto, e continuò —...abile al giuoco, ch'è inutile finire la partita. La Regina sorrise e passò oltre. -Con chi parli? -domandò il Re che s'era avvicinato ad Alice, e osservava la testa del Gatto con grande curiosità. -Con un mio amico... il Ghignagatto, -disse Alice; -vorrei presentarlo a Vostra Maestà. -Quel suo sguardo non mi piace, -rispose il Re; -però se vuole, può baciarmi la mano. -Non ho questo desiderio, -osservò il Gatto. -Non essere insolente, -disse il Re, -e non mi guardare in quel modo. -E parlando si rifugiò dietro Alice. -Un gatto può guardare in faccia a un re, -osservò Alice, -l'ho letto in qualche libro, ma non ricordo dove. -Ma bisogna mandarlo via, -disse il Re risoluto; e chiamò la Regina che passava in quel momento: -Cara mia, vorrei che si mandasse via quel Gatto! La Regina conosceva un solo modo per sciogliere tutte le difficoltà, grandi o piccole, e senza neppure guardare intorno, gridò: -Tagliategli la testa! -Andrò io stesso a chiamare il carnefice, -disse il Re, e andò via a precipizio. Alice pensò che intanto poteva ritornare per vedere il progresso del gioco, mentre udiva da lontano la voce della Regina che s'adirava urlando. Ella aveva sentito già condannare a morte tre giocatori che avevano perso il loro turno. Tutto ciò non le piaceva, perchè il gioco era diventato una tal confusione ch'ella non sapeva più se fosse la sua volta di tirare o no. E si mise in cerca del suo riccio. Il riccio stava allora combattendo contro un altro riccio; e questa sembrò ad Alice una buona occasione per batterli a croquet l'uno contro l'altro: ma v'era una difficoltà: il suo fenicottero era dall'altro lato del giardino, e Alice lo vide sforzarsi inutilmente di volare su un albero. Quando le riuscì d'afferrare il fenicottero e a ricondurlo sul terreno, la battaglia era finita e i due ricci s'erano allontanati. "Non importa, -pensò Alice, - tanto tutti gli archi se ne sono andati dall'altro lato del terreno." E se lo accomodò per benino sotto il braccio per non farselo scappare più, e ritornò dal Gatto per riattaccare discorso con lui.

Ma con sorpresa trovò una gran folla raccolta intorno al Ghignagatto; il Re, la Regina e il carnefice urlavano tutti e tre insieme, e gli altri erano silenziosi e malinconici. Quando Alice apparve fu chiamata da tutti e tre per risolvere la questione. Essi le ripeterono i loro argomenti; ma siccome parlavano tutti in una volta, le fu difficile intendere che volessero. Il carnefice sosteneva che non si poteva tagliar la testa dove mancava un corpo da cui staccarla; che non aveva mai avuto da fare con una cosa simile prima, e che non voleva cominciare a farne alla sua età. L'argomento del Re, era il seguente: che ogni essere che ha una testa può essere decapitato, e che il carnefice non doveva dire sciocchezze. L'argomento della Regina era questo: che se non si fosse eseguito immediatamente il suo ordine, avrebbe ordinato l'esecuzione di quanti la circondavano. (E quest'ingiunzione aveva dato a tutti quell'aria grave e piena d'ansietà.) Alice non seppe dir altro che questo: -Il Gatto è della Duchessa: sarebbe meglio interrogarla. -Ella è in prigione, -disse la Regina al carnefice: -Conducetela qui. -E il carnefice volò come una saetta. Andato via il carnefice, la testa del Gatto cominciò a dileguarsi, e quando egli tornò con la Duchessa non ce n'era più traccia: il Re e il carnefice corsero qua e là per ritrovarla, mentre il resto della brigata si rimetteva a giocare.

-Non puoi immaginare la mia gioia nel rivederti, bambina mia! -disse la Duchessa infilando affettuosamente il braccio in quello di Alice, e camminando insieme. Alice fu lieta di vederla di buon umore, e pensò che quando l'aveva vista in cucina era stato il pepe, forse, a renderla intrattabile. "Quando sarò Duchessa, -si disse (ma senza soverchia speranza), -non vorrò avere neppure un granello di pepe in cucina. La minestra è saporosa anche senza pepe. È il pepe, certo, che irrita tanta gente, continuò soddisfatta d'aver scoperta una specie di nuova teoria, -l'aceto la inacidisce... la camomilla la fa amara... e i confetti e i pasticcini addolciscono il carattere dei bambini. Se tutti lo sapessero, non lesinerebbero tanto in fatto di dolci." In quell'istante aveva quasi dimenticata la Duchessa, e sussultò quando si sentì dire all'orecchio: -Tu pensi a qualche cosa ora, cara mia, e dimentichi di parlarmi. Ora non posso dirti la morale, ma me ne ricorderò fra breve. -Forse non ne ha, -Alice si arrischiò di osservare. -Zitta! zitta! bambina! -disse la Duchessa. -Ogni cosa ha la sua morale, se si sa trovarla. -E le si strinse più da presso. Ad Alice non piaceva esserle così vicina; primo; perchè la Duchessa era bruttissima; secondo, perché era così alta che poggiava il mento sulle spalle d'Alice, un mento terribilmente aguzzo! Ma non volle mostrarsi scortese, e sopportò quella noia con molta buona volontà. -Il giuoco va meglio, ora, -disse per alimentare un po' la conversazione. -Eh sì, -rispose la Duchessa, -e questa è la morale: "È l'amore, è l'amore che fa girare il mondo." -Ma qualcheduno ha detto invece, -bisbigliò Alice, -se ognuno badasse a sè, il mondo andrebbe meglio. -Bene! È lo stesso, -disse la Duchessa, conficcando il suo mento aguzzo nelle spalle d'Alice: -E la morale è questa: "Guardate al senso; le sillabe si guarderanno da sè." ("Come si diletta a trovare la morale in tutto!" pensò Alice.) -Scommetto che sei sorpresa, perchè non ti cingo la vita col braccio, -disse la Duchessa dopo qualche istante, -ma si è perchè non so di che carattere sia il tuo fenicottero. Vogliamo far la prova? -Potrebbe morderla, -rispose Alice, che non desiderava simili esperimenti. -È vero, -disse la Duchessa, -i fenicotteri e la mostarda non fanno che mordere, e la morale è questa: "Gli uccelli della stessa razza se ne vanno insieme." -Ma la mostarda non è un uccello, -osservò Alice. -Bene, come sempre, disse la Duchessa, -tu dici le cose con molta chiarezza! -È un minerale, credo, -disse Alice. -Già, -rispose la Duchessa, che pareva accettasse tutto quello che diceva Alice; -in questi dintorni c'è una miniera di mostarda e la morale è questa: "La miniera è la maniera di gabbar la gente intera." -Oh lo so! -esclamò Alice, che non aveva badato a queste parole; -è un vegetale, benchè non sembri. -Proprio così, -disse la Duchessa, -e la morale è questa: "Sii ciò che vuoi parere" o, se vuoi che te la dica più semplicemente: "Non credere mai d'essere diversa da quella che appari agli altri di esser o d'esser stata, o che tu possa essere, e l'essere non è altro che l'essere di quell'essere ch'è l'essere dell'essere, e non diversamente." -Credo che la intenderei meglio, -disse Alice con molto garbo, -se me la scrivesse; non posso seguir con la mente ciò che dice. -Questo è nulla rimpetto a quel che potrei dire, se ne avessi voglia, -soggiunse la Duchessa. -Non s'incomodi a dire qualche altra cosa più lunga, -disse Alice. -Non mi parlar d'incomodo! -rispose la Duchessa. -Ti faccio un regalo di ciò che ho detto finora. "Un regalo che non costa nulla, -pensò Alice; -meno male che negli onomastici e nei genetliaci non si fanno regali simili". -Ma non osò dirlo a voce alta. -Sempre pensosa? -domandò la Duchessa, dando alla spalla della bambina un altro colpo del suo mento acuminato. -N'ho ben ragione! -rispose vivamente Alice, perchè cominciava a sentirsi un po' seccata. E la Duchessa: -La stessa ragione che hanno i porci di volare: e la mora... A questo punto, con gran sorpresa d'Alice, la voce della Duchessa andò morendo e si spense in mezzo alla sua favorita parola: morale. Il braccio che era in quello d'Alice cominciò a tremare. Alice alzò gli occhi, e vide la Regina ritta di fronte a loro due, le braccia conserte, le ciglia aggrottate, come un uragano. -Maestà che bella giornata! -balbettò la Duchessa con voce bassa e fioca. Vi avverto a tempo, -gridò la Regina, pestando il suolo; -o voi o la vostra testa dovranno andarsene immediatamente! Scegliete! La Duchessa scelse e in un attimo sparì. -Ritorniamo al giuoco, -disse la Regina ad Alice; ma Alice era troppo atterrita, e non rispose sillaba, seguendola lentamente sul terreno. Gl'invitati intanto, profittando dell'assenza della Regina, si riposavano all'ombra: però appena la videro ricomparire, tornarono ai loro posti; la Regina accennò soltanto che se avessero ritardato un momento solo, avrebbero perduta la vita. Mentre giocavano, la Regina continuava a querelarsi con gli altri giocatori, gridando sempre: -Tagliategli la testa! -oppure: -Tagliatele la testa! -Coloro ch'erano condannati a morte erano arrestati da soldati che dovevano servire d'archi al gioco, e così in meno di mezz'ora, non c'erano più archi, e tutti i giocatori, eccettuati il Re, la Regina e Alice, erano in arresto e condannati nel capo. Finalmente la Regina lasciò il giuoco, senza più fiato, e disse ad Alice: -Non hai veduto ancora la Falsa-testuggine? -No, -disse Alice. -Non so neppure che sia la Falsa-testuggine. -È quella con cui si fa la minestra di Falsa-testuggine, -disse la Regina. -Non ne ho mai veduto, nè udito parlare, -soggiunse Alice. -Vieni dunque, -disse la Regina, ed essa ti racconterà la sua storia. Mentre andavano insieme, Alice sentì che il Re diceva a voce bassa a tutti i condannati: -Faccio grazia a tutti. -Oh come sono contenta! -disse fra sè Alice, perchè era afflittissima per tutte quelle condanne ordinate dalla Regina. Tosto arrivarono presso un Grifone sdraiato e addormentato al sole. (Se voi non sapete che sia un Grifone, guardate la figura.) -Su, su, pigro! -disse la Regina, -conducete questa bambina a vedere la Falsa-testuggine che le narrerà la sua storia. Io debbo tornare indietro per assistere alle esecuzioni che ho ordinate. -E andò via lasciando Alice sola col Grifone. Non piacque ad Alice l'aspetto della bestia, ma poi riflettendo che, dopo tutto, rimaner col Grifone era più sicuro che star con quella feroce Regina, rimase in attesa.

Il Grifone si levò, si sfregò gli occhi, aspettò che la Regina sparisse interamente e poi si mise a ghignare: -Che commedia! -disse il Grifone, parlando un po' per sè, un po' per Alice. -Quale commedia? -domandò Alice. -Quella della Regina, -soggiunse il Grifone. -È una sua mania, ma a nessuno viene tagliata la testa, mai. Vieni! -Qui tutti mi dicono: "Vieni!" -osservò Alice, seguendolo lentamente. -Non sono mai stata comandata così in tutta la mia vita! Non s'erano allontanati di molto che scorsero in distanza la Falsa-testuggine, seduta malinconicamente sull'orlo d'una rupe. Avvicinatasi un po' più, Alice la sentì sospirare come se le si rompesse il cuore. N'ebbe compassione. -Che ha? -domandò al Grifone, e il Grifone rispose quasi con le stesse parole di prima: -È una mania che l'ha presa, ma non ha nulla. Vieni! E andarono verso la Falsa-testuggine, che li guardò con certi occhioni pieni di lagrime, ma senza far motto. -Questa bambina, -disse il Grifone, -vorrebbe sentire la tua storia, vorrebbe. -Gliela dirò, -rispose la Falsa-testuggine, con voce profonda. -Sedete, e non dite sillaba, prima che io termini.

E sedettero e per qualche minuto nessuno parlò. Alice intanto osservo fra sè: "Come potrà mai finire se non comincia mai?" Ma aspettò pazientemente. -Una volta, -disse finalmente la Falsa-testuggine con un gran sospiro, -io ero una testuggine vera. Quelle parole furono seguite da un lungo silenzio, interrotto da qualche "Hjckrrh!" del Grifone e da continui e grossi singhiozzi della Falsa-testuggine. Alice stava per levarsi e dirle: -Grazie della vostra storia interessante, -quando pensò che ci doveva essere qualche altra cosa, e sedete tranquillamente senza dir nulla. -Quando eravamo piccini, -riprese finalmente la Falsa-testuggine, un po' più tranquilla, ma sempre singhiozzando di quando in quando, -andavamo a scuola al mare. La maestra era una vecchia testuggine... -e noi la chiamavamo tartarug... -Perchè la chiamavate tartaruga se non era tale? -domandò Alice. -La chiamavamo tartaruga, perchè c'insegnava, -disse la Falsa-testuggine con dispetto: Hai poco sale in zucca! -Ti dovresti vergognare di fare domande così semplici, -aggiunse il Grifone; e poi tacquero ed entrambi fissarono gli occhi sulla povera Alice che avrebbe preferito sprofondare sotterra. Finalmente il Grifone disse alla Falsa-testuggine: -Va innanzi, cara mia! e non ti dilungare tanto! E così la Falsa-testuggine continuò: -Andavamo a scuola al mare, benchè tu non lo creda... -Non ho mai detto questo! -interruppe Alice. -Sì che l'hai detto, -disse la Falsa-testuggine . -Zitta! -soggiunse il Grifone, prima che. Alice potesse rispondere. La Falsa-testuggine continuò: -Noi fummo educate benissimo... infatti andavamo a scuola tutti i giorni... Anch'io andavo a scuola ogni giorno, -disse Alice; -non serve inorgoglirsi per così poco. -E avevate dei corsi facoltativi? -domandò la Falsa-testuggine con ansietà. -Sì, -rispose Alice; -imparavamo il francese e la musica. -E il bucato? -disse la Falsa-testuggine. -No, il bucato, no, -disse Alice indignata. -Ah! e allora che scuola era? -disse la Falsa-testuggine, come se si sentisse sollevata. -Nella nostra, c'era nella fine del programma: Corsi facoltativi: francese, musica, e bucato. -E vivendo in fondo al mare, -disse Alice, -a che vi serviva? -Non ebbi mai il mezzo per impararlo, -soggiunse sospirando la Falsa-testuggine; -così seguii soltanto i corsi ordinari. -Ed erano? -domandò Alice. -Annaspare e contorcersi, prima di tutto, -rispose la Falsa-testuggine. -E poi le diverse operazioni dell'aritmetica... ambizione, distrazione, bruttificazione, e derisione. -Non ho mai sentito parlare della bruttificazione, -disse Alice. -Che cos'è? Il Grifone levò le due zampe in segno di sorpresa ed esclamò: -Mai sentito parlare di bruttificazione! Ma sai che significhi bellificazione, spero. -Sì, - rispose Alice, ma un po' incerta: -significa... rendere... qualche cosa... più bella. Ebbene, -continua il Grifone, -se non sai che significa bruttificazione mi par che ti manchi il comprendonio. Alice non si sentiva incoraggiata a fare altre domande. Così si volse alla Falsa-testuggine e disse: -Che altro dovevate imparare? -C'era il mistero, risposo la Falsa-testuggine, contando i soggetti sulle natatoie... -il mistero antico e moderno con la marografia: poi il disdegno... il maestro di disdegno era un vecchio grongo, e veniva una volta la settimana: c'insegnava il disdegno, il passaggio, e la frittura ad occhio. -E che era? -disse Alice. -Non te la potrei mostrare, -rispose la Falsa-testuggine, -perchè vedi son tutta d'un pezzo. E il Grifone non l'ha mai imparata. -Non ebbi tempo, -rispose il Grifone: ma studiai le lingue classiche e bene. Ebbi per maestro un vecchio granchio, sapete. -Non andai mai da lui, -disse la Falsa-testuggine con un sospiro: -dicevano che insegnasse Catino e Gretto. -Proprio così, -disse il Grifone, sospirando anche lui, ed entrambe le bestie si nascosero la faccia tra le zampe. -Quante ore di lezione al giorno avevate? -disse prontamente Alice per cambiar discorso. -Dieci ore il primo giorno, -rispose la Falsa-testuggine: -nove il secondo, e così di seguito. -Che strano metodo! -esclamò Alice. -Ma è questa la ragione perchè si chiamano lezioni, -osservò il Grifone: -perchè c'è una lesione ogni giorno. -Era nuovo per Alice, e ci pensò su un poco, prima di fare questa osservazione: -Allora l'undecimo giorno era vacanza? -Naturalmente, -disse la Falsa-testuggine. -E che si faceva il dodicesimo? -domandò vivamente Alice. -Basta in quanto alle lezioni: dille ora qualche cosa dei giuochi, -interruppe il Grifone, in tono molto risoluto.

X. Il ballo dei gamberi

La Falsa-testuggine cacciò un gran sospiro e si passò il rovescio d'una natatoia sugli occhi. Guardò Alice, e cercò di parlare, ma per qualche istante ne fu impedita dai singhiozzi.

-Come se avesse un osso in gola, -disse il Grifone, e si mise a scuoterla e a batterle la schiena. Finalmente la Falsa-testuggine ricuperò la voce e con le lagrime che le solcavano le gote, riprese:

-Forse tu non sei vissuta a lungo sott'acqua... (-Certo che no, -disse Alice) -e forse non sei mai stata presentata a un gambero... (Alice stava per dire: -Una volta assaggiai... -ma troncò la frase e disse: -No mai): -così tu non puoi farti un'idea della bellezza d'un ballo di gamberi?

-No, davvero, -rispose Alice. -Ma che è mai un ballo di gamberi?

-Ecco, -disse il Grifone, -prima di tutto si forma una linea lungo la spiaggia...

-Due! -gridò la Falsa-testuggine. -Foche, testuggini di mare, salmoni e simili: poi quando si son tolti dalla spiaggia i polipi...

-E generalmente così facendo si perde del tempo, -interruppe il Grifone.

-...si fa un avant-deux.

-Ciascuno con un gambero per cavaliere, -gridò il Grifone.

-Eh già! -disse la Falsa-testuggine: -si fa un avant-deux, e poi un balancé...

-Si scambiano i gamberi e si ritorna en place, -continuò il Grifone.

-E poi capisci? -continuò la Falsa-testuggine, -si scaraventano i...

-I gamberi! -urlo il Grifone, saltando come un matto.

...nel mare, più lontano che si può...

-Quindi si nuota dietro di loro! -strillò il Grifone.

-Si fa capitombolo in mare! -gridò la Falsa-testuggine, saltellando pazzamente qua e la.

-Si scambiano di nuovo i gamberi! -Vociò il Grifone.

-Si ritorna di nuovo a terra, e... e questa è la prima figura, -disse la Falsa-testuggine, abbassando di nuovo la voce. E le due bestie che poco prima saltavano come matte, si accosciarono malinconicamente e guardarono Alice.

-Vuoi vederne un saggio? -domandò la Falsa-testuggine.

-Mi piacerebbe molto, -disse Alice.

-Coraggio, proviamo la prima figura! disse la Falsa-testuggine al Grifone. -Possiamo farla senza gamberi. Chi canta?

-Canta tu, -disse il Grifone. -Io ho dimenticate le parole.

E cominciarono a ballare solennemente intorno ad Alice, pestandole i piedi di quando in quando, e agitando le zampe anteriori per battere il tempo. La Falsa-testuggine cantava adagio adagio malinconicamente:

Alla chiocciola il nasello: "Su, dicea, cammina presto;

mi vien dietro un cavalluccio -che uno stinco m'ha già pesto:

vedi quante mai testuggini -qui s'accalcan per ballare!"

Presto vuoi, non vuoi danzare?

Presto vuoi, non vuoi danzare?

"Tu non sai quant'è squisita -come è dolce questa danza

quando in mar ci scaraventano -senza un'ombra di esitanza!"

Ma la chiocciola rispose: -"Grazie, caro, è assai lontano,

e arrivar colà non posso -camminando così piano."

Non potea, volea danzare!

Non potea, volea danzare!

"Ma che importa s'è lontano" -all'amica fe' il nasello

"dèi saper che all'altra sponda -c'è un paese assai più bello!

Più lontan della Sardegna -più vicino alla Toscana.

Non temer, vi balleremo -tutti insieme la furlana."

Presto vuoi, non vuoi danzare?

Presto vuoi, non vuoi danzare?

-Grazie, è un bel ballo, -disse Alice, lieta che fosse finito; -e poi quel canto curioso del nasello mi piace tanto!

-A proposito di naselli, -disse la Falsa-testuggine, -ne hai veduti, naturalmente?

-Sì, -disse Alice, -li ho veduti spesso a tavo... -E si mangiò il resto.

-Non so dove sia Tavo, -disse la Falsa-testuggine -ma se li hai veduti spesso, sai che cosa sono.

-Altro! -rispose Alice meditabonda, -hanno la coda in bocca e sono mollicati.

-Ma che molliche! -soggiunse la Falsa-testuggine, -le molliche sarebbero spazzate dal mare. Però hanno la coda in bocca; e la ragione è questa...

E a questo la Falsa-testuggine sbadigliò e chiuse gli occhi. -Digliela tu la ragione, -disse al Grifone.

-La ragione è la seguente, -disse il Grifone. -Essi vollero andare al ballo; e poi furono buttati in mare; e poi fecero il capitombolo molto al di là, poi tennero stretta la coda fra i denti; e poi non poterono distaccarsela più; e questo è tutto.

-Grazie, -disse Alice, -molto interessante. Non ne seppi mai tanto dei naselli.

-Presto facci un racconto delle tue avventure, -disse il Grifone.

-Ne potrei raccontare cominciando da stamattina, -disse timidamente Alice; -ma è inutile raccontarvi quelle di ieri, perchè... ieri io ero un altra.

-Come un'altra? Spiegaci, -disse la Falsa-testuggine.

-No, no! prima le avventure, -esclamò il Grifone impaziente; -le spiegazioni occupano tanto tempo.

Così Alice cominciò a raccontare i suoi casi, dal momento dell'incontro col Coniglio bianco; ma tosto si cominciò a sentire un po' a disagio, chè le due bestie le si stringevano da un lato e l'altro, spalancando gli occhi e le bocche; ma la bambina poco dopo riprese coraggio. I suoi uditori si mantennero tranquilli sino a che ella giunse alla ripetizione del "Sei vecchio, caro babbo", da lei fatta al Bruco. Siccome le parole le venivano diverse dal vero originale, la Falsa-testuggine cacciò un gran sospiro, e disse: -È molto curioso!

-È più curioso che mai! -esclamò il Grifone.

-È scaturito assolutamente diverso! -soggiunse la Falsa-testuggine, meditabonda. -Vorrei che ella ci recitasse qualche cosa ora. Dille di cominciare.

E guardò il Grifone, pensando ch'egli avesse qualche specie d'autorità su Alice.

-Levati in piedi, -disse il Grifone, -e ripetici la canzone: "Trenta quaranta..."

-Oh come queste bestie danno degli ordini, e fanno recitar le lezioni! -pensò Alice; -sarebbe meglio andare a scuola subito!

A ogni modo, si levò, e cominciò a ripetere la canzone; ma la sua testolina era così piena di gamberi e di balli, che non sapeva che si dicesse, e i versi le venivano male:

"Son trenta e son quaranta," -il gambero già canta,

"M'ha troppo abbrustolito -mi voglio inzuccherare,

In faccia a questo specchio -mi voglio spazzolare,

E voglio rivoltare -e piedi e naso in su!"

-Ma questo è tutto diverso da quello che recitavo da bambino, -disse il Grifone.

-È la prima volta che lo sento, -osservò la Falsa-testuggine; -ed è una vera sciocchezza!

Alice non rispose: se ne stava con la faccia tra le mani, sperando che le cose tornassero finalmente al loro corso naturale.

-Vorrei che me lo spiegassi, -disse la Falsa-testuggine.

-Non sa spiegarlo, -disse il Grifone; -comincia la seconda strofa.

-A proposito di piedi, -continuò la Falsa-testuggine, -come poteva rivoltarli, e col naso, per giunta?

-È la prima posizione nel ballo, -disse Alice; ma era tanto confusa che non vedeva l'ora di mutar discorso.

-Continua la seconda strofa, -replicò il Grifone con impazienza; -comincia: "Bianca la sera."

Alice non osò disubbidire, benchè sicura che l'avrebbe recitata tutt'al rovescio, e continuò tremante:

"Al nereggiar dell'alba -nel lor giardino, in fretta,

taglicavano un pasticcio -l'ostrica e la civetta."

-Perchè recitarci tutta questa robaccia? interruppe la Falsa-testuggine; -se non ce la spieghi? Fai tanta confusione!

-Sì, sarebbe meglio smettere, -disse il Grifone. E Alice fu più che lieta di terminare.

-Vogliamo provare un'altra figura del ballo dei gamberi? -continuò il Grifone. -O preferiresti invece che la Falsa-testuggine cantasse lei?

-Oh, sì, se la Falsa-testuggine vorrà cantare! -rispose Alice; ma con tanta premura, che il Grifone offeso gridò: -Ah tutti i gusti sono gusti. Amica, cantaci la canzone della "Zuppa di testuggine."

La Falsa-testuggine sospirò profondamente, e con voce soffocata dai singhiozzi cantò così:

Bella zuppa così verde

 in attesa dentro il tondo

 chi ti vede e non si perde

 nel piacere più profondo?

 Zuppa cara, bella zuppa,

 zuppa cara, bella zuppa,

 bella zuppa, bella zuppa,

 zuppa cara,

 bella bella bella zuppa!

 Bella zuppa, chi è il meschino

 che vuol pesce, caccia od altro?

 Sol di zuppa un cucchiaino

 preferir usa chi è scaltro.

 Solo un cucchiain di zuppa,

 cara zuppa, bella zuppa,

 cara zuppa, bella zuppa,

 zuppa cara,

bella bella bella zuppa!

-Ancora il coro! -gridò il Grifone.

E la Falsa-testuggine si preparava a ripeterlo, quando si udì una voce in distanza:

-Si comincia il processo!

-Vieni, vieni! -gridò il Grifone, prendendo Alice per mano, e fuggiva con lei senza aspettare la fine.

-Che processo? -domandò Alice; ma il Grifone le rispose: -Vieni! -e fuggiva più veloce, mentre il vento portava più flebili le melanconiche parole:

Zuppa cara,

bella bella bella zuppa!

XI. Chi ha rubato le torte?

Arrivati, videro il Re e la Regina di cuori seduti in trono, circondati da una gran folla di uccellini, di bestioline e da tutto il mazzo di carte: il Fante stava davanti, incatenato, con un soldato da un lato e l'altro: accanto al Re stava il Coniglio bianco con una tromba nella destra e un rotolo di pergamena nella sinistra. Nel mezzo della corte c'era un tavolo, con un gran piatto di torte d'apparenza così squisita che ad Alice venne l'acquolina in bocca. "Vorrei che si finisse presto il processo, -pensò Alice, -e che si servissero le torte!" Ma nessuno si muoveva intanto, ed ella cominciò a guardare intorno per ammazzare il tempo. Alice non aveva mai visto un tribunale, ma ne aveva letto qualche cosa nei libri, e fu lieta di riconoscere tutti quelli che vedeva. "Quello è il giudice, -disse fra sè, -perchè porta quel gran parruccone. -E quello è il banco dei giurati, -osservò Alice, -e quelle dodici creature, -doveva dire "creature", perchè alcune erano quadrupedi, ed altre uccelli, -sono sicuramente i giurati." E ripetè queste parole due o tre volte, superba della sua scienza, perchè giustamente si diceva che pochissime ragazze dell'età sua sapevano tanto. I dodici giurati erano affaccendati a scrivere su delle lavagne. -Che fanno? -bisbigliò Alice nell'orecchio del Grifone. -Non possono aver nulla da scrivere se il processo non è ancora cominciato. - Scrivono i loro nomi, -bisbigliò il Grifone; -temono di dimenticarseli prima della fine del processo. -Che stupidi! -esclamò Alice sprezzante, ma tacque subito, perchè il Coniglio bianco, esclamò: - Silenzio in corte! -e il Re inforcò gli occhiali, mettendosi a guardare ansiosamente da ogni lato per scoprire i disturbatori. Alice vedeva bene, come se fosse loro addosso, che scrivevano "stupidi", sulle lavagne: osservò altresì che uno di loro non sapeva sillabare "stupidi", e domandava al vicino come si scrivesse. "Le lavagne saranno tutte uno scarabocchio prima della fine del processo!" pensò Alice. Un giurato aveva una matita che strideva. Alice non potendo resistervi, girò intorno al tribunale, gli giunse alle spalle e gliela strappò di sorpresa. Lo fece con tanta rapidità che il povero giurato (era Guglielmo, la lucertola) non seppe più che fosse successo della matita. Dopo aver girato qua e là per ritrovarla, fu costretto a scrivere col dito tutto il resto della giornata. Ma a che pro, se il dito non lasciava traccia sulla lavagna? -Usciere! leggete l'atto d'accusa, -

disse il Re. Allora il Coniglio diè tre squilli di tromba, poi spiegò il rotolo della pergamena, e lesse così:

"La Regina di cuori

fece le torte in tutto un dì d'estate:

Tristo, il Fante di cuori

di nascosto le torte ha trafugate!"

-Ponderate il vostro verdetto! -disse il Re ai giurati. -Non ancora, non ancora ! -interruppe vivamente il Coniglio. -Vi son molte cose da fare prima! -Chiamate il primo testimone, -disse il Re; e il Coniglio bianco diè tre squilli di tromba, e chiamò: -Il primo testimone! Il testimone era il Cappellaio. S'avanzò con una tazza di tè in una mano, una fetta di pane imburrato nell'altra. -Domando perdono alla maestà vostra, disse, -se vengo con le mani impedite; ma non avevo ancora finito di prendere il tè quando sono stato chiamato. -Avreste dovuto finire, -rispose il Re. Quando avete cominciato a prenderlo? Il Cappellaio guardò la Lepre di Marzo che lo aveva seguito in corte, a braccetto col Ghiro. -Credo che fosse il quattordici di marzo, -disse il Cappellaio. -Il quindici, -esclamò la Lepre di Marzo. -Il sedici, -soggiunse il Ghiro. -Scrivete questo, -disse il Re ai giurati. E i giurati si misero a scrivere prontamente sulle lavagne, e poi sommarono i giorni riducendoli a lire e centesimi. -Cavatevi il cappello, -disse il Re al Cappellaio. -Non è mio, -rispose il Cappellaio. -È rubato allora! -esclamò il Re volgendosi ai giurati, i quali subito annotarono il fatto. -Li tengo per venderli, -soggiunse il Cappellaio per spiegare la cosa: -Non ne ho di miei. Sono cappellaio. La Regina inforcò gli occhiali, e cominciò a fissare il Cappellaio, che diventò pallido dallo spavento. -Narraci quello che sai, -disse il Re, -e non aver paura... ti farò decapitare immediatamente. Queste parole non incoraggiarono il testimone, che non si reggeva più in piedi. Guardava angosciosamente la Regina, e nella confusione addentò la tazza invece del pane imburrato. Proprio in quel momento, Alice provò una strana sensazione, che la sorprese molto finchè non se ne diede ragione: cominciava a crescere di nuovo; pensò di lasciare il tribunale, ma poi riflettendoci meglio volle rimanere finchè per lei ci fosse spazio. -Perchè mi urti così? -disse il Ghiro che le sedeva da presso. -Mi manca il respiro. -Che ci posso fare? -disse affabilmente Alice. -Sto crescendo. -Tu non hai diritto di crescere qui, -urlò il Ghiro. -Non dire delle sciocchezze, -gridò Alice, -anche tu cresci. -Sì, ma io cresco a un passo ragionevole, soggiunse il Ghiro, -e non in quella maniera ridicola. -E brontolando si levò e andò a mettersi dall'altro lato. Intanto la Regina non aveva mai distolto lo sguardo dal Cappellaio e mentre il Ghiro attraversava la sala del tribunale, disse a un usciere: - Dammi la lista dei cantanti dell'ultimo concerto! A quest'ordine il Cappellaio si mise a tremare così che le scarpe gli sfuggirono dai piedi. -Narraci quello che sai, -ripetè adirato il Re, -o ti farò tagliare la testa, abbi o no paura. -Maestà: sono un povero disgraziato, - cominciò il Cappellaio con voce tremante, -e ho appena cominciato a prendere il tè... non è ancora una settimana... e in quanto al pane col burro che si assottiglia... e il tremolio del tè. -Che tremolio? -esclamò il re. Il tremolio cominciò col tè, -rispose il Cappellaio. -Sicuro che "tremolio" comincia con un T! -disse vivamente il Re. -M'hai preso per un allocco? Continua. -Sono un povero disgraziato, -continuò il Cappellaio, -e dopo il tè tremavamo tutti... solo la Lepre di Marzo disse... -Non dissi niente! -interruppe in fretta la Lepre di Marzo. -Sì che lo dicesti! -disse il Cappellaio. -Lo nego! -replicò la Lepre di Marzo. -Lo nega, -disse il Re: -ebbene, lascia andare. -Bene, a ogni modo il Ghiro disse... E il Cappellaio guardò il Ghiro per vedere se anche lui volesse dargli una smentita: ma quegli, profondamente addormentato, non negava nulla. -Dopo di ciò, -continuò il Cappellaio, -mi preparai un'altra fetta di pane col burro... -Ma che cosa disse il Ghiro? -domandò un giurato. -Non lo posso ricordare, - disse il Cappellaio. -Lo devi ricordare, -disse il Re, -se no ti farò tagliare la testa. L'infelice Cappellaio si lasciò cadere la tazza, il pane col burro e le ginocchia a terra, e implorò: -Sono un povero mortale! -Sei un povero oratore, -disse il Re. Qui un Porcellino d'India diè un applauso, che venne subito represso dagli uscieri del tribunale. (Ed ecco come: fu preso un sacco che si legava con due corde all'imboccatura; vi si fece entrare a testa in giù il Porcellino, e gli uscieri vi si sedettero sopra.) -Sono contenta d'avervi assistito, - pensò Alice. -Ho letto tante volte nei giornali, alla fine dei processi: "Vi fu un tentativo di applausi, subito represso dal presidente"; ma non avevo mai compreso che cosa volesse dire. -Se è questo tutto quello che sai, -disse il Re, -puoi ritirarti. -Non posso ritirarmi, -disse il Cappellaio, -sono già sul pavimento. -Allora siediti, -disse il Re. Qui un altro Porcellino d'India diè un applauso, ma fu represso. -

Addio Porcellini d'India! Non vi vedrò più! -disse Alice. -Ora si andrà innanzi meglio. -Vorrei piuttosto finire il tè, -disse il Cappellaio, guardando con ansietà la Regina, la quale leggeva la lista dei cantanti.

-Puoi andare, -disse il Re, e il Cappellaio lasciò frettolosamente il tribunale, senza nemmeno rimettersi le scarpe. —...E tagliategli la testa, -soggiunse la Regina, volgendosi a un ufficiale; ma il Cappellaio era già sparito prima che l'ufficiale arrivasse alla porta. -Chiamate l'altro testimone! -gridò il Re. L'altro testimone era la cuoca della Duchessa. Aveva il vaso del pepe in mano, e Alice indovinò chi fosse anche prima di vederla, perchè tutti quelli vicini all'ingresso cominciarono a starnutire. -Che cosa sai? -disse il Re. -Niente, -rispose la cuoca. Il Re guardò con ansietà il Coniglio bianco che mormorò:-Maestà, fatele delle domande. -Bene, se debbo farle, le farò, -disse il Re, e dopo aver incrociate le braccia sul petto, e spalancati gli occhi sulla cuoca, disse con voce profonda: -Di che cosa sono composte le torte? -Di pepe per la maggior parte, -rispose la cuoca. -Di melassa, -soggiunse una voce sonnolenta dietro di lei. -Afferrate quel Ghiro! -gridò la Regina. -Tagliategli il capo! Fuori quel Ghiro! Sopprimetelo! pizzicatelo! Strappategli i baffi! Durante qualche istante il tribunale fu una Babele, mentre il Ghiro veniva afferrato; e quando l'ordine fu ristabilito, la cuoca era scomparsa. -Non importa, -disse il Re con aria di sollievo. -Chiamate l'altro testimone. -E bisbigliò alla Regina: -Cara mia, l'altro testimone dovresti esaminarlo tu. A me duole il capo. Alice stava osservando il Coniglio che esaminava la lista, curiosa di vedere chi fosse mai l'altro testimone, -perchè non hanno ancora una prova, -disse fra sè. Figurarsi la sua sorpresa, quando il Coniglio bianco chiamò con voce stridula: Alice!

XII. La testimonianza di Alice

-Presente! -rispose Alice.

Dimenticando, nella confusione di quell'istante di esser cresciuta enormemente, saltò con tanta fretta che rovesciò col lembo della veste il banco de' giurati, i quali capitombolarono con la testa in giù sulla folla, restando con le. gambe in aria. Questo le rammentò l'urtone dato la settimana prima a un globo di cristallo con i pesciolini d'oro.

-Oh, vi prego di scusarmi! -ella esclamò con voce angosciata e cominciò a raccoglierli con molta sollecitudine, perchè invasa dall'idea dei pesciolini pensava di doverli prontamente raccogliere e rimettere sul loro banco se non li voleva far morire.

-Il processo, -disse il Re con voce grave, -non può andare innanzi se tutti i giurati non saranno al loro posto... dico tutti, -soggiunse con energia, guardando fisso Alice.

Alice guardò il banco de' giurati, e vide che nella fretta avea rimessa la lucertola a testa in giù. La poverina agitava melanconicamente la coda, non potendosi muovere. Subito la raddrizzò. "Non già perchè significhi qualche cosa, -disse fra sè, -perchè ne la testa nè la coda gioveranno al processo."

Appena i giurati si furono rimessi dalla caduta e riebbero in consegna le lavagne e le matite, si misero a scarabocchiare con molta ansia la storia del loro ruzzolone, tranne la lucertola, che era ancora stordita e sedeva a bocca spalancata, guardando il soffitto.

-Che cosa sai di quest'affare? -domandò il Re ad Alice.

-Niente, -rispose Alice.

-Proprio niente? -replicò il Re.

-Proprio niente, -soggiunse Alice.

-È molto significante, -disse il Re, volgendosi ai giurati.

Essi si accingevano a scrivere sulle lavagne, quando il Coniglio bianco li interruppe:

-Insignificante, intende certamente vostra Maestà, -disse con voce rispettosa, ma aggrottando le ciglia e facendo una smorfia mentre parlava.

-Insignificante, già, è quello che intendevo -soggiunse in fretta il Re; e poi si mise a dire a bassa voce: "significante, insignificante, significante..." -come se volesse provare quale delle due parole sonasse meglio.

Alcuni dei giurati scrissero "significante", altri "insignificante."

Alice potè vedere perchè era vicina, e poteva sbirciare sulle lavagne: "Ma non importa", pensò.

Allora il Re, che era stato occupatissimo a scrivere nel suo taccuino, gridò: -Silenzio! -e lesse dal suo libriccino: "Norma quarantaduesima: -Ogni persona, la cui altezza supera il miglio deve uscire dal tribunale." Tutti guardarono Alice.

-Io non sono alta un miglio, -disse Alice.

-Sì che lo sei, -rispose il Re.

-Quasi due miglia d'altezza, -aggiunse la Regina.

-Ebbene non m'importa, ma non andrò via, -disse Alice. -Inoltre quella è una norma nuova; l'avete inventata or ora.

-Che! è la più vecchia norma del libro! -rispose il Re.

-Allora dovrebbe essere la prima, -disse Alice.

Allora il Re diventò pallido e chiuse in fretta il libriccino.

-Ponderate il vostro verdetto, -disse volgendosi ai giurati, ma con voce sommessa e tremante.

-Maestà, vi sono altre testimonianze, -disse il Coniglio bianco balzando in piedi. -Giusto adesso abbiamo trovato questo foglio.

-Che contiene? -domandò la Regina

Non l'ho aperto ancora, disse il Coniglio bianco; -ma sembra una lettera scritta dal prigioniero a... a qualcuno.

-Dev'essere così -disse il Re, -salvo che non sia stata scritta a nessuno, il che generalmente non avviene.

-A chi è indirizzata -domandò uno dei giurati.

-Non ha indirizzo, -disse il Coniglio bianco, -infatti non c'è scritto nulla al di fuori. -E aprì il foglio mentre parlava, e soggiunse: -Dopo tutto, non è una lettera; è una filastrocca in versi.

-Sono di mano del prigioniero? -domandò un giurato.

-No, no, —rispose Il Coniglio bianco, questo è ancora più strano. (I giurati si guardarono confusi.)

-Forse ha imitato la scrittura di qualcun altro, -disse il Re.(I giurati si schiarirono.)

-Maestà, -disse il Fante, -io non li ho scritti, e nessuno potrebbe provare il contrario. E poi non c'è alcuna firma in fondo.

-Il non aver firmato, -rispose il Re, non fa che aggravare il tuo delitto. Tu miravi certamente a un reato; se no, avresti lealmente firmato il foglio.

Vi fu un applauso generale, e a ragione, perchè quella era la prima frase di spirito detta dal Re in quel giorno.

-Questo prova la sua colpa, -affermò la Regina.

-Non prova niente, -disse Alice.

-Ma se non sai neppure ciò che contiene il foglio!

-Leggilo! -disse il re.

Il Coniglio bianco si mise gli occhiali e domandò: -Maestà, di grazia, di dove debbo incominciare ? -Comincia dal principio, -disse il Re solennemente... -e continua fino alla fine, poi fermati.

Or questi erano i versi che il Coniglio bianco lesse:

"Mi disse che da lei te n'eri andato,

ed a lui mi volesti rammentar;

lei poi mi diede il mio certificato

dicendomi: ma tu non sai nuotar.

Egli poi disse che non ero andato

(e non si può negar, chi non lo sa?)

e se il negozio sarà maturato,

oh dimmi allor di te che mai sarà?

Una a lei diedi, ed essi due le diero,

tu me ne desti tre, fors'anche più;

ma tutte si rinvennero, -o mistero!

ed eran tutte mie, non lo sai tu?

Se lei ed io per caso in questo affare

misterioso involti ci vedrem,

egli ha fiducia d'esser liberato

e con noi stare finalmente insiem.

Ho questa idea che prima dell'accesso,

(già tu sai che un accesso la colpì),

un ostacol per lui, per noi, per esso

fosti tu solo in quel fatale dì.

Ch'egli non sappia chi lei predilige

(il segreto bisogna mantener);

sia segreto per tutti, chè qui vige

la impenetrabile legge del mister."

-Questo è il più importante documento di accusa, -disse il Re stropicciandosi le mani; -ora i giurati si preparino. -Se qualcuno potesse spiegarmelo, -disse Alice (la quale era talmente cresciuta in quegli ultimi minuti che non aveva più paura d'interrompere il Re) -gli darei mezza lira. Non credo che ci sia in esso neppure un atomo di buon senso.

I giurati scrissero tutti sulla lavagna: "Ella non crede che vi sia in esso neppure un atomo di buon senso". Ma nessuno cercò di spiegare il significato del foglio. -Se non c'è un significato, -disse il Re, -noi usciamo da un monte di fastidi, perchè non è necessario trovarvelo. E pure non so, -continuò aprendo il foglio sulle ginocchia e sbirciandolo, -ma mi pare di scoprirvi un significato, dopo tutto... "Disse... non sai mica nuotar." Tu non sai nuotare, non è vero? -continuò volgendosi al Fante.

Il Fante scosse tristemente la testa e disse: -Vi pare che io possa nuotare? (E certamente, no, perchè era interamente di cartone).

-Bene, fin qui,—, disse il Re, e continuò: -"E questo è il vero, e ognun di noi io sa." Questo è senza dubbio per i giurati. -"Una a lei diedi, ed essi due gli diero." -Questo spiega l'uso fatto delle torte, capisci...

Ma, -disse Alice, -continua con le parole: "Ma tutte si rinvennero."

-Già, esse son la, —disse il Re con un'aria di trionfo, indicando le torte sul tavolo. -Nulla di più chiaro. Continua:"Già tu sai che un accesso la colpì",-tu non hai mai avuto degli attacchi nervosi, cara mia, non è vero?-soggiunse volgendosi alla Regina.

-Mai! -gridò furiosa la Regina, e scaraventò un calamaio sulla testa della lucertola. (Il povero Guglielmo! aveva cessato di scrivere sulla lavagna col dito, perchè s'era accorto che non ne rimaneva traccia; e in quell'istante si rimise sollecitamente all'opera, usando l'inchiostro che gli scorreva sulla faccia, e l'usò finche ne ebbe.)

-Dunque a te questo verso non si attacca, -disse il Re, guardando con un sorriso il tribunale. E vi fu gran silenzio. È un bisticcio -soggiunse il Re con voce irata, e tutti allora risero. -Che i giurati ponderino il loro verdetto -ripetè il Re, forse per la ventesima volta quel giorno.

-No, disse la Regina. -Prima la sentenza, poi il verdetto.

-È una stupidità -esclamò Alice. -Che idea d'aver prima la sentenza!

-Taci! -gridò la Regina, tutta di porpora in viso.

-Ma che tacere! -disse Alice.

-Tagliatele la testa! urlò la Regina con quanta voce aveva. Ma nessuno si mosse.

-Chi si cura di te? -disse Alice, (allora era cresciuta fino alla sua statura naturale.); -Tu non sei che la Regina d'un mazzo di carte.

A queste parole tutto il mazzo si sollevò in aria vorticosamente e poi si rovesciò sulla fanciulla: essa diede uno strillo di paura e d'ira, e cercò di respingerlo da sè, ma si trovò sul poggio, col capo sulle ginocchia di sua sorella, la quale le toglieva con molta delicatezza alcune foglie secche che le erano cadute sul viso. -Risvegliati, Alice cara,-le disse la sorella, -da quanto tempo dormi, cara!

-Oh! ho avuto un sogno così curioso! -disse Alice, e raccontò alla sorella come meglio potè, tutte le strane avventure che avete lette; e quando finì, la sorella la baciò e le disse:

-È stato davvero un sogno curioso, cara ma ora, va subito a prendere il tè; è già tardi. -E così Alice si levò; e andò via, pensando, mentre correva, al suo sogno meraviglioso.

Sua sorella rimase colà con la testa sulla palma, tutta intenta a guardare il sole al tramonto, pensando alla piccola Alice, e alle sue avventure meravigliose finchè anche lei si mise a sognare, e fece un sogno simile a questo:

Prima di tutto sognò la piccola, Alice, con le sue manine delicate congiunte sulle ginocchia di lei e coi grandi occhioni lucenti fissi in lei. Le sembrava di sentire il vero suono della sua voce, e di vedere quella caratteristica mossa della sua testolina quando rigettava indietro i capelli che volevano velarle gli occhi. Mentre ella era tutta intenta ad ascoltare, o sembrava che ascoltasse, tutto il. luogo d'intorno si popolò delle strane creature del sogno di sua sorella.

L'erba rigogliosa stormiva ai suoi piedi, mentre il Coniglio passava trotterellando e il Topo impaurito s'apriva a nuoto una via attraverso lo stagno vicino. Ella poteva sentire il rumore delle tazze mentre la Lepre di Marzo e gli amici suoi partecipavano al pasto perpetuo; udiva la stridula voce della Regina che mandava i suoi invitati a morte. Ancora una volta il bimbo Porcellino starnutiva sulle ginocchia della Duchessa, mentre i tondi e i piatti volavano e s'infrangevano d'intorno e l'urlo del Grifone, lo stridore della matita della Lucertola sulla lavagna, la repressione dei Porcellini d'India riempivano l'aria misti ai singhiozzi lontani della Falsa-testuggine. Si sedette, con gli occhi a metà velati e quasi si credè davvero nel Paese delle Meraviglie; benchè sapesse che aprendo gli occhi tutto si sarebbe mutato nella triste realtà. Avrebbe sentito l'erba stormire al soffiar del vento, avrebbe veduto lo stagno incresparsi all'ondeggiare delle canne. L'acciottolio, delle tazze si sarebbe mutato nel tintinnio della campana delle pecore, e la stridula voce della Regina nella voce del pastorello, e gli starnuti del bimbo, l'urlo del Grifone e tutti gli altri curiosi rumori si sarebbero mutati (lei lo sapeva) nel rumore confuso d'una fattoria, e il muggito lontano degli armenti avrebbe sostituito i profondi singhiozzi della Falsa-testuggine.

Finalmente essa immaginò come sarebbe stata la sorellina già cresciuta e diventata donna: Alice avrebbe conservato nei suoi anni maturi il cuore affettuoso e semplice dell'infanzia e avrebbe raccolto intorno a sè altre fanciulle e avrebbe fatto loro risplendere gli occhi, beandole con molte strane storielle e forse ancora col suo sogno di un tempo: le sue avventure nel Paese delle Meraviglie. Con quanta tenerezza avrebbe ella stessa partecipato alle loro innocenti afflizioni, e con quanta gioia alle loro gioie, riandando i beati giorni della infanzia e le felici giornate estive!

FINE